英美女性文学研究

王孝会　李晓冉　吴雁汶　**著**

年　晴　**参者**

吉林文史出版社

图书在版编目（CIP）数据

英美女性文学研究 / 王孝会，李晓冉，吴雁汶著
. -- 长春 ：吉林文史出版社，2019.6
ISBN 978-7-5472-6303-7

Ⅰ．①英… Ⅱ．①王… ②李… ③吴… Ⅲ．①英国文学－妇女文学－文学研究②妇女文学－文学研究－美国
Ⅳ．①I561.06②I712.06

中国版本图书馆 CIP 数据核字 (2019) 第 129373 号

书　　名	英美女性文学研究
作　　者	王孝会 李晓冉 吴雁汶
责任编辑	张雪霜
封面设计	徐芳芳
出版发行	吉林文史出版社有限责任公司
地　　址	长春市福祉大路5788号
网　　址	www.jlws.com.cn
印　　刷	定州启航印刷有限公司
开　　本	787mm×1092mm　16开
印　　张	7.5
字　　数	165千
版　　次	2019年6月第1版　2019年6月第1次印刷
定　　价	45.00元
书　　号	ISBN 978-7-5472-6303-7

前　言

　　本书主要从女性的视角研究了英美文学的相关发展变迁和特点。由于英美国家的历史传统、文化背景、生活形式的变化,文学作品中的女性形象也有很大差异。在英美文学作品中塑造出来的女性形象形形色色,但是不论其性格如何,这些女性形象对待爱情对待人生的态度有着显著差别。

　　女性主义类型小说是当代英美文学界中最具革新精神也最有趣的领域之一——它是通俗文学作品的女性主义版本,包括女性主义科幻小说、侦探小说、爱情小说和童话故事等,是女性主义思潮与后现代主义文化相结合的产物,于20世纪70年代和80年代在英美国家得到大规模的发展。当时女性主义小说出现了探索通俗类型小说的分支,通过对传统类型小说进行挪用和戏仿,引发了具有自我觉醒风格和反叛意识的女性主义爱情小说、侦探小说、科幻小说和童话故事的浪潮。

　　女性主义类型小说家有意识地从女性的角度开展写作,不再遵循传统类型小说保守的意识形态和老套的故事情节,着重塑造与占西方社会主导地位的父权意识直接冲突的意识形态。她们借用类型小说所具有的大众性躯壳,采用创新性的写作手法传播女性主义思想,为传统类型小说注入了发展性和反叛性,成为"非常适合女性主义的一种政治策略"。

女性主义类型小说得以大规模兴起的源头是在 20 世纪六七十年代，当时英美等国掀起了轰轰烈烈的第二次妇女解放浪潮。在妇女解放运动蓬勃发展的时期，英美的女性主义文学最初套用现实主义的"苏醒"小说模式，是女性主义倡导者呼吁女性觉醒的女性成长小说。艾瑞卡·琼的《怕飞》和玛丽琳·弗伦奇的《女人的房间》是这类小说的代表。到了 20 世纪 70 年代和 80 年代，女性主义思潮大规模向各类文学形式渗透，女性主义爱情小说、侦探小说、科幻小说和童话故事等对传统的通俗类型小说进行颠覆性和创新性的改写，吸引了大量的读者，也引发了广泛的关注和讨论。

由王孝会、李晓冉、吴雁汶所著的《英美女性文学研究》一书，得到了山东女子学院英美女性文学研究者崔筱溪提供的极大帮助，她为三位作者提供了大量相关研究的参考资料，特此对她表示由衷的感谢！希望本书能为类型小说的爱好者们打开一扇了解英美文学新发展的窗户，为外国文学专业的学生和同行提供具有一定参考价值的研究资料。书中不足之处，恳请各位读者指正。

作　者

目　录

第一章　女性视角与英美文学审美

第一节　英美文学的审美价值演变

一、英美文学生长概貌

英国文学源远流长,履历了恒久、庞大的生长演变历程。在这个历程中,文学本体以外的种种现实的、历史的、政治的、文化的气力对文学孕育发生着影响,文学内部遵照自身纪律,历经盎格鲁—萨克逊、文艺再起、新古典主义、浪漫主义、现实主义、今世主义等差异历史阶段。战后英国文学大略出现从写实到实验和多元的走势。

美国文学在 19 世纪末就已不再是"英国文学的一个分支"。进入 20 世纪,美国文学日趋成熟,成为真正意义上独立的、具有壮大生命力的民族文学。战后美国文学历经 50 年代的新旧交替,60 年代的实验主义精神浸润,70 年代至世纪末的多元化生长阶段,形成了差异于以往历史时期的显著特色和特性。

二、英美文学品评理论概述

20 世纪被称为"品评的世纪"。文学品评理论沿一条从"内在的研究"到"外在的研究"的轨迹生长。"新品评"、结构主义、解构主义、新精神分析、读者品评、新历史主义、女性主义、后殖民主义等种种品评理论从基础上转变了人们对文学传统、典律构建、文学与文化、文学与社会关联的认知,为文学研究开创出新的天地。

三、英美文学的认知功效和艺术价值

文学是人生体验的文化表征。文学作品隐含对生存的思考、价值取向和特定的意识形态。阅读英美文学作品,是赏识西方文化的一条有效途径,可以了解到支持表层文化的深层文化,即西方文化中带基础性的理论、价值评判,西方人通常使用的视角,以及对这些视角的品评。

英美文学是对生存的审美体现,是英国人民和美国人民创造性使用英语语言的产物。英语表意功效强,文体风格多,或雅致,或普通,或蕴藉,或明快,或婉约,或粗犷,其丰富的表现力和奇特的魅力在英美作家的作品里得到了淋漓尽致的发挥。阅读良好的英美文学作品,可以学习到英语音乐性的语调和五光十色的语汇,回味其"弦外之音"。

四、英美文学研究

开展外国文学研究,有助于我们开阔眼界,丰厚我们的知识,促进我国文学的创作和文学生长。这也是外国文学研究的意义所在。就英美文学而言,可选择小说、诗歌、戏剧、文学品评理论、作家作品、文学派别、文学史、中外文学比较等作为具体研究工具。我们国家外国文学研究水平七零八落,对英美经典作家的研究有待深入,对现今文学研究有待增强。

五、英美文学教学模式

现在许多学校的英美文学课采用"文学史选读"的模式。上文学史课时,教师排列一大堆文学史知识让学生死记硬背。学生由于是被动地继承老师的"复述",怎样形成自己对文学作品的看法便无从谈起。传统的文学课除了教授文学史外,通常安排一些文学选读,作为对文学史知识的增补。这种"语录"式节选,破坏了作品的完备性。教师处理这些选段时,把大部分时间用在了评释句子和单词的意思上面。学生浅尝辄止,虽然上了一两年的文学课程,却没有真正了解过一部完备的小说或一个完备的剧本,没能学会怎样欣赏和分析文学原著。由于教学内容是些死的知识,不少人便以为英美文学课乏味、无用。

英语专业英美文学教学革新思路:

(一)读完备的作品

作品选读虽说是精选经典作品的华章彩段,但由于是只选片段,破坏了作品固有的整一性,难免有分崩离析的感觉。只有认认真真读过莎士比亚一个剧本,学生才会对莎士比亚的创作特色真正有所认知,才会说"我读过莎士比亚",才会与人讨论莎士比亚,也才能写出有自己看法的品评文章来。阅读文学作品,从整体上去赏识,学生才会有所领悟。

(二)讲欣赏作品的要领

在传统的文学史课上,教师通常以"满堂灌"的方式向学生教授文学知识,但是,生活在信息时代的学生可以很容易地通过网络、百科全书光盘等途径了解这些知识。因此,英美文学课的重点应放在引导学生怎样欣赏和分析作品上面。以英美小说为例,在阅读作品的基础上,要求学生分析主题体现、人物塑造、情节部署、叙述角度、象征细节、语言风格等。

(三)写阅读心得

阅读贵在有自己的心得领会。文学作品可以为写作提供题材和内容,写作则可以深化对文学作品的理解,两者互为补充。文学是语言的艺术,许多名家均为语言名人。学生通过阅读,受其熏陶。英美文学课程的考核不搞闭卷考试,而是撰写课程论文。

凭据上述思路结构教学,英美文学课程可以成为一门素质教育课。学生自动加入文本意义的探求、发明、创造历程,渐渐养成敏锐的感悟力,掌握严谨的分析要领,形成正确的表达要领。这种把丰富的感性履历上升到抽象的理性认识的感悟、分析、表达能力,将使学生终身受益无穷,是在竞争日益激烈的社会上立于不败之地的真正有用的技能。在这历程中,学生的英语水平也会相应得到提高。

六、英美文学教学与大学英语教学

大学英语教学属基础语言技能训练,教学任务繁重,教师压力大。但作为英语教师,我们不应忽视英美文学这一丰富多彩的资源库。英语教师面临提高自己业务水平的使命,英美文学是科研的紧张研究偏向之一。

现在,大学生英语水平广泛进步,阅读能力较强,不少学校开设英美文学选修课的条件日趋成熟。

大学英语教学应增强英美文学意识,将英美文学导入英语教学,适当选读现代英美著名作家的文学创作,向学生推荐好的作品。在课堂教学中,可采用英语专业英美文学教学模式,如研读短篇小说、背诵诗歌、朗读剧本、饰演角色等,使学生不光学习英语语言,也了解英美文学,加深对英美文化的认知。

英美文学教学与大学英语教学并不抵牾,可以相辅相成,增强英美文学教学,有助于革新我国英语教学,培育高素质人才。

第二节　英美文学的教育价值及教学方法

一、英美文学的教育价值

英美文学是一面镜子,它反映着英语民族的历史与文化,英美文学也是一束光芒,照亮着人们追求真、善、美的路途。英美文学课作为高校英语专业高年级学生的专业必修课,其意义和作用在于通过阅读和分析英美文学作品,深化学生在基础阶段所学的知识,提高学生语言的运用能力,增强对西方文学及文化的了解,培养学生的文学鉴赏力和审美的敏感性,以及敏锐感受生活、认知生活的能力,进而从整体上促进其人文素质的提高。具体来说,开设本教程的目的是直接提高学生的英语语言水平,使学生掌握英语文学和文化知识以及培养学生的人文素质和健全人格。首先,文学是语言的精髓,文学欣赏直接有助于英语水平的提高。在经过基础的语言教学之后,文学作品的阅读和欣赏无疑是学习外语的一个系统有效途径和必要阶段。文学阅读能使语言学习有质的飞跃。随着时代的前进,现代社会的多元化发展,弘扬人的主体性成为时代发展的主旋律。因此,在课堂教学过程中,让学生成为教学的主体是现代教学改革的必然发展趋势。更重要的是,英美文学课凭借其得天独厚的人文学科优势,应该成为培养学生独立思考和创造性思维能力的良好平台。

我国传统的英美文学课教学的主要模式是老师讲、学生听的"填鸭式"教学。这种教学抑制了学生主观能动性的发挥,不能有效地指导学生对文学作品进行深入、复杂的富有想象力和创造性的思考,而文学作品中蕴含的智慧、感情、经验、原创力、想象力、生命思想以及审美意识,都在这刻板、僵化的模式教学中渐渐丧失,学生的自主性受到压抑和损害。另外,该课程由于历史跨度大,文学流派多,作家的风格也纷繁多样,再加上课时少,其结果可想而知。经过一两年的学习,学生只能记住课堂上讨论过的作家名字、作品梗概,但整体印象只是模糊一片。随着我国素质教育的全面推进,高校教学中这种"灌注式"的单一教学模式日益暴露出它的局限性。那么如何调动学生的积极性,使英美文学课成为培养学生的自主学习能力以适应未来社会发展需要的一门课,成为教师们努力的方向?

二、英美文学的教学方法探讨

为了改变以往教师"一言堂"的授课形式,我们开展了有针对性的课堂专题讨论,针对某一作家的某一方面鼓励学生在大量阅读理解的基础上开展调查研究,进行发散式思维,鼓励学生发表个人独到的见解和进行相互之间的讨论,使每个学生都积极参与到文学教学课堂中来。文学涉及作家、作品、读者和作品反映的世界四个要素,它不仅是语言艺术的形式,从更深、更广的意义上讲,它是复杂的社会生活浓缩。而文学作品则是作者对人生的体验、感受和思考的记录。作为读者的学生,只有把个人对生活的体验和感受投入作品里面,与作者进行精神交流,才能达到对作品的真正理解,实现对作品所反映的文化意象的理解。因此,教师在教授课时采取启发和引导的方式,唤起学生的参与热情,调动学生的情感反应,让学生设身处地去感受体验,培养学生独立开展研究工作的能力,而不是一味地进行理性的抽象与概括,搞统一理解模式和死记硬背。这样,在使学生切身感受语言大师们的语言艺术、学习巩固语言知识的同时,也让他们学会从文学作品中认识社会、体验人生,进一步提高学生的欣赏能力。

在讲授 18 世纪英国浪漫主义诗歌时,我们采取教师引导、学生独立思考和发现的方法,分析积极浪漫主义与消极浪漫主义诗歌的差异。这种做法大大提高了学生的学习积极性,培养了他们分析问题的能力。值得一提的是,教师在教学中指导学生运用正确的方法将自己在文学作品鉴赏过程中获得的对作品的理解用文字表达出来,既深化了对文学作品的理解,同时又培养了学生的鉴赏力和书面表达能力。

第二章 女性主义对类型小说的挪用

第一节 女性与类型小说的历史

从历史上来看,包括爱情小说、侦探小说、科幻小说等在内的类型小说往往被认为是保守、肤浅的,而且没有深度、缺乏思想性。评论家将类型小说的广大读者评判为模式化艺术的低级消费者,而那些以女性为主要读者的类型小说的地位就更低下了。正如特里·洛威尔在《消费小说》一书中指出,即便是类型小说的评论家也对主要阅读对象为女性的类型小说颇有鄙夷之情。玛格丽特·戴泽尔对19世纪类型小说开展研究后认为,女性和男生阅读的小说具有不同的价值,而后者的价值更高。

19世纪的主流文学和文学评论家的性别歧视倾向十分明显,女性解放主义者经常遭受到恶毒的抨击。这些女性,或"新女性",被形容成一群无性的、性欲冷淡的或性欲过剩的怪物。有趣的是,当时的人们越来越多地将新女性与19世纪末颓废堕落、带有女人气的花花公子相提并论,认为他们都是可能导致中产阶级社会灭亡的原因。在当时的批评者看来,两者的联系在于他们都不具备养育孩子的能力,后者因其偏女性化的性取向,而前者则是因其自身缺乏女性特征。评论家们用"意识形态生物学"的观点对"新女性"进行攻击(所谓"意识形态生物学",是指用生物学术语来解释实则由意识形态规定的两性的社会角色,例如女人不够强壮,所以不能干男人的活；或者从生物学上来看，女人天生就不如男人聪明），这种言论直到 1894 年还在《笨拙周报》上出现。实际上，无论是女性化的花花公子还是"新女性"，都打乱了主导当时社会的父权意识形态，尤其对男女两性的社会角色、能力和前途的死板界定提出了挑战。由于中产阶级女性在整个 19 世纪中对社会平等的诉求越发强大，代表父权社会的主流意识形态的回应办法就是，将凡是大众的、叛逆的，具有潜在破坏性的，让（男性）中产阶级感到恐惧的社会群体及其意识形态，都一概定义为女性的、低劣的。安德里亚·胡森指出：

我特别感兴趣的是这个在 19 世纪站住脚的观点，即大众文化和女性相关，而真正的高雅文化仍然是男人的专享……实际上，我观察到即使在世纪之交，政治、心理和美学理论仍始终坚持把大众文化和大众定义为女性的，而高雅文化，无论是传统或现代的，明显还是男性活动的专有领域，这是非常令人震惊的。

从这一历史角度来看，类型小说的女性主义版本的诞生便有了一种美妙的讽刺性。在政治、心理、美学、文化话语制度等方面都被父权意识认为是女性化的、低等的类型小说，却被女性主义的意识形态所利用和改变。女权主义作家非但不排斥大众文化，相反拥抱大众文化，充分发挥大众文化的传播优势，出版大量的类型小说，将传统类型小说流行化、大众化的文化属性转化为宣扬女性主义意识形态的强大传播工具。如果从传统陋习的文学观念去看，人们会贬低女性作家的地位，嘲讽她们为大众文化的制造者，而女性作家正是要利用这一点来展现她们为自己的天赋和权利正名的过程。她们正是要运用类型小说这种形式，来揭露父权意识的话语结构，以形式的挪用，以近似于讽刺和解构的方式来挖掘父权社会的话语制度，从而达到调侃、挑战和批判的目的。当然，从文学形态和叙事方式的角度来看，类型小说与女性的阅读经验和思维特点、写作方式有着先天的亲和力，女性作家运用的正是这种她们长久以来都稔熟而擅长的文学形式；而她们现代的写作手法则得益于 20 世纪 60 年代的女性主义运用所带来的物质改善和伴随而来的后现代主义理论的发展。

第二节 女性主义类型小说兴起的政治文化背景

女性主义作家选择挪用类型小说这一形式具有特定的时代背景。在 20 世纪 70 年代和 80 年代,随着女性运动的深入开展和后现代主义文化的广泛影响,类型小说这种被传统文学批评所排斥,特别是被左翼文学贬低为大众化、保守化的文学形式,开始被女性主义者重视和运用。

在文学批评传统中,关于大众文化批评所采用的理论资源基本上来自法兰克福学派。它告诉我们,大众是完全没有个体自由意识与反抗可能性的被动群众。他们对通俗文化的冲击没有自己的选择性、能动性和批判性,因而这种文化在政治上进步的可能性是微乎其微的。阿多诺和霍克海姆坚持认为,大众文化是资本运作的结果,出于机械复制的目的,文化工业呈现出一致性的特征:"这种经济需要阻止了对每件艺术作品的内在逻辑的追求。"阿多诺更是在文化自律与大众文化之间画上了泾渭分明的界限。在这些理论的主导下,类型小说长期以来被界定在"经典""严肃"的文学之外。

但是,随着 20 世纪 60 年代以来社会环境和学术兴趣的转变,在以多元、流动、去中心为要旨的后现代文化的背景下,大众更适合于被理解成一个不断变化并以多种方式交互共生的、适应或抵制主导价值的不同社会群体的集合。这个集合既不是没有分辨能力的被动者,也不能被简单地视为在文化上的反抗力量。因为反抗实际上是存在于紧张和对抗的社会形态之中,而当代大众文化集合实际上是存在于一个跨越区间、国界的流动性、衍生性的圈层之中,存在于其生产与再生产、制造与消费的过程中,存在于日常生活的实践中,存在于传播与接受的过程之中,而不是存在于静止的理论文本之中。正是因为大众文化所具有的新的时代含义,到了 20 世纪 70 年代和 80 年代,"左翼"开始接纳通俗文化。朱迪·威廉森在 20 世纪 80 年代的"左翼"期刊《新社会党人》中指出:"过去对'左派'来说,宣称对迪斯科舞或其他任何通俗文化的喜爱是一种大胆冒险的行为。现在似乎要求以同样大胆的行为来表明,这样使人尽兴的活动并不是激进的。"1986 年《今日马克思主义》举办的"活力左翼"会议上,发言者不乏顶级设计师、潮流作家和电视广告商。

女性主义思想家在这一变化中占据着重要地位。在 1980 年的一个访谈中,马克思主义者和女性主义者米歇尔·巴雷特认为:"女性主义者试图影响大众传媒,以获得更广泛的拥护。"她反对精英主义把大众文化看作是保守的逃避主义的看法,并提出两方面的进展:一是女性主义先锋作家努力创造女性语言,二是女性主义者朝通俗文化进军。"……相对而言,一个大范围内的小变化,与一个小范围内的大变化有同样重大的意义。电视肥皂剧带来变化的可能性至少和政治教育剧带来变化的可能性一样大。"

可以看出,进入通俗文化和小说领域是 20 世纪 80 年代左翼女性主义者的日程之一,在某种程度上也是为了扭转"右翼"控制通俗文化的局面(如"右翼"创造了"雅皮士"等形象)。在 20 世纪 80 年代,女性主义者认为她们有发表通俗观点、改变文化观点的需要,而尝试挪用通俗文化和通俗作品类型是其中的一部分。正如安妮·克兰尼-弗兰西斯在《女性主义小说:女性主义者对通俗小说的应用》中所总结的那样:"女性主义选择类型小说为操作对象的原因,和人们形容这类小说的词汇——大众化有关。"人们爱读通俗小说,其销量也极为可观。对一名女权主义宣传者来说,运用一种已占有巨大市场的小说形式是明智而有效的行为。美国女性出版社出版的科幻小说系列在其首页上印上了该出版社的宣言,间接地承认了这一目的。其宣言的部分内容如下:"我们希望本系列能鼓励更多的女性阅读和写作科幻小说,使科幻小说的传统读者群拥有刺激而全新的阅读视角。"这一宣言的重要之处在于它承认了一个值得开发挖掘的既有读者群的存在。该读者群不仅数量巨大,而且背景多元。因此,从政治实践的角度来看,以女性主义的方式运用通俗小说就显得十分恰当。这种方法(潜在地)使得女性主义作者能够进入原本向她们关闭的大门。女性主义可能在许多读者眼里非常陌生,但通过类型小说这样一种人们熟知的和受人喜欢的形式表现出来之后,就引来了更多的关注。产生的结果就如同美国女性出版社希望的那样,无论是在阅读内容或阅读习惯方面,女性主义都为传统的读者群提供了一种刺激且全新的阅读视角。

同时,值得指出的是,自 20 世纪 60 年代至 80 年代早期,英、美流行文化的兴盛也为女性类型小说提供了一个宏大的潮流背景,同时期的摇滚、波普艺术成为空前强大的大众流行文化,尤其是波普艺术以其明确的大众趣味挑战传统精英文化,以去深度化的话语方式解构和挪用经典作品,让文化先锋们在自二战以来长久压抑而缺乏兴奋感的时代背景中找到了新的兴奋触点。因此,女性主义类型小说之所以能把前卫、实验的写作观念与看似去深度化的话语方式相结合,这其实是先锋文化突破传统话语制度,寻找新的话语方式,重构价值体系的共同策略。

当我们把女性主义类型小说放入当代文化发展背景中进行考察,就可以发现它已经超越了作为文化形态的传统定义,成为社会意识形态、权利结构、话语制度的文化创造和表达的新方式——以灵活开放的方式改造传统文化和传统价值观念的单一通道,从而致力于解放、平等和多元的当代文化和当代政治命题。因此,我们在新女性借助传统类型小说而创作的新类型小说的案例上,可以看到类型小说的文化性格、价值趣味都发生了重大的转变:第一,传统类型小说逐渐成为女性主义文化族群谋求新的文化身份和建立新的价值认定的手段;第二,女性主义类型小说正逐渐成为这些新生族群改变传统父权社会话语方式、话语制度的有效途径;第三,女性主义类型小说进入宏观的当代文化艺术市场,以一种强力传播利用了大众的阅读趣味,侵袭和干预了传统文化生态,改变了单一的父权文化的生态格局,从而对未来文化产生了影响,至少是想象性地开辟出了新的文化生存空间。

第三节　潜在的可变性

从女性主义类型小说具有的反抗性和革新性来看,它已经远远脱离了类型小说的传统定义,但是它依然沿用了类型小说的外壳,在此基础上进行挪用或戏仿。对此,有评论家认为,女性主义类型小说作家虽然在作品中加入了一些新的内容,但在本质上无法脱离传统类型小说的写作模式和主导意识,因此难逃传统类型小说的藩篱。那么,如何看待和理解类型小说的性质,就是探讨这一争论的关键因素。

根据小说界的惯常定义,"类型"(genre)一词是指那些有一套固定模式或传统风格的作品,例如科幻小说、侦探小说或爱情小说等这些类型。"类型"一词的使用在文学评论界和出版界是十分普遍的,书商也往往会在书的封面上标明作品分类。然而,在探讨女性主义类型小说这一特定文化现象时,"类型"的使用超越了这种简单分类。研究女性主义者对通俗文学形式的运用,表明类型不仅是一种文学或语言学分类,还是一种社会实践。弗雷德里克·詹明信在《政治无意识》中探讨了小说类型这一概念的有用性,以此作为理解社会符号学的一个例子:"对马克思主义来说,类型这一概念的战略价值显然为其斡旋功能,它从形式的演变以及社会生活的发展这两个历史角度,调整着对作品固有的形式分析。"

这段话对女性主义来说也同样适用。女性主义作家和评论家一直都在进行这一复杂的步骤:将个体的小说放置于那一类型的历史长河中,找出传统写作手法中重要的意识形态,将它们与其包含的意识形态主义联合在一起,再分别根据社会中的主流和被边缘化的声音对这些主义进行审视和批判。

功能语言学家韩礼德等人将社会环境和小说类型之间的关系做了概念化的界定,为研究文学(子)类型提供了新的视角。他们认为小说类型是对特定社会情况的回应,而作家能力的高低取决于他/她是否能针对不同的情况选取相应的小说类型。这种能力取决于作者的主体地位,同时也取决于他/她能获得多少父权社会的强势信息并将之植入类型小说之中。

　　女性主义类型小说正是通过选择不同的小说类型,从多个层面揭示小说类型何以成为一种社会策略。需要肯定的是,类型小说的写作无法脱离传统。传统是社会概念,是社会意愿,而非个人选择,但同时,传统本身也处于各种社会压力之下和各种力量斡旋之中。社会的发展变化使得之前广为接受的传统变得难以让人接受,需要修正。例如,当代侦探小说中出现了越来越多的职业女侦探。这种情况只有在西方社会中职业女性的地位得到提高后才能被人接受。正如茨维坦·托多洛夫在对巴赫金作品的研究中阐述的那样:"小说类型是形式上的概念,同时也是社会历史学概念。因此,在考虑小说类型的变化时必须考虑社会转型的因素。"而社会转型的原因是主流意识形态的变化,以及特定时期社会意识形态的重组。女性主义类型小说是对这一重组过程的干预,试图通过挑战父权意识形态控制的一种符号学系统,达到推翻父权统治地位的目标。

　　对于类型小说的可变性和流动性,詹明信也有过精辟的阐述。他认为类型具有可变性,具体的例子体现为中世纪爱情小说中的"魔力因素",在 18 世纪得到再创造,被替换为"神学和心理学因素"。尽管小说的基本形式保持相同,但因为新的历史背景,小说的本质和精神发生了重大的变化。詹明信指出在不同的历史时期类型是可变的,但类型的形式就像是沉积物一样,不断地承载着一些早期的意识形态。

　　现在让我们更仔细地来看这种构建,我们把它叫作形式的沉积。……在现有的强大的形式下,一种类型本质上是一种象征社会的信息,或者说,那种形式本身就是一种内在的本质的意识形态。当这样的形式在不同的社会和文化背景中被重新挪用时,这一信息继续存在并一定会在功能上被纳入这种新的新式。……就这样形式本身的意识形态沉积下来,并作为通用的信息与以后的元素在一个更复杂的结构中共存。这是一种或矛盾或中立的机制。

　　这种关于共时文本的模式允许女性主义者试图挪用各种类型小说形式时,让处于矛盾和政治状态中的不同话语同时存在。如果我们在理解女性主义类型小说的时候,能看到传统形式与新的内容两者之间的斡旋机制,并能把类型小说当作形式与社会历史两者合一的概念,我们就可以看到类型小说当作形式与社会历史两者合一的概念,我们就可以看到类型小说具有潜在可变的性质,也就能更清楚地看到女性主义类型小说所具有的颠覆性和创新性。

从实践上来看,在对女性作者的书写历史进行再次挖掘的过程中,女性主义评论家发现,其实女性作者的作品类型极为多变。这一发现进一步证明,许多评论家在考虑某种类型的规则、模式或内在结构时,关注的并不是类型本身,而是这一类型中所产生的经典。经典是保守的,类型小说中经典的选取倾向于守旧的和以男性为中心的价值观。但经典不能代表整个类型,因此我们更应该关注类型复杂而变化的历史。类型小说不是固定的,而是流动的、发展的,它们一直在适应所在的历史背景,这一历史背景包含了性别内涵发生巨大变化的时代,例如在 20 世纪的转折处出现了"新女性",或如 20 世纪 70 年代前后的第二次女性主义潮流。女性主义类型小说吸收了这些新的历史中各种相互冲突的话语,并成为探索女性问题的有效方式。

第四节　类型小说与意识形态

女性主义者对类型小说的挪用具有深层次的话语策略,即她们试图解构和重构类型小说中含有的意识形态信息。其实从政治的角度来看,类型小说本身被用作一种政治反抗的形式由来已久。类型小说不仅履行特定的社会职能,即传递保守的意识形态,同时也发出反对的声音。这些反对的声音有时以隐匿和克制的状态出现在保守的作品中,还有的出现在具有政治敏锐性的作者有意识创作的反对作品之中。

在 19 世纪,许多政治活动家利用类型小说作为政治辩论的工具。当时英国的宪章运动报所刊登的言情小说和情节剧,其内容是要表现出传统地主的堕落,赞扬英勇的工人阶级主人公。具有政治敏锐性的乌托邦小说家则更具自我意识,在乌托邦小说出产最高峰的 19 世纪 80 年代和 90 年代,仅在英国就有约 200 部乌托邦小说发表。乌托邦小说本质上即是政治性的,其写作内容围绕着一个与读者的经历完全不同的社会结构展开。在 19 世纪,社会主义者和女性主义者都将乌托邦小说作为政治论战和宣传的工具。当时的女性主义乌托邦小说存世很少,但一些社会主义乌托邦小说尚能找到。侦探小说也在 19 世纪发展成了广受欢迎的小说类型。那一时期最出名的侦探小说无疑是阿瑟·柯南·道尔笔下的夏洛克·福尔摩斯系列。道尔的故事并不缺乏政治意义,但除此之外,还有一些侦探小说被公开用于政治宣传目的。这些小说被刊登在带有明显政治倾向性的出版物上,例如凯尔·哈迪为新成立的独立劳动党创办的报纸《工人领袖》。实际上,当代女性主义者运用类型小说的理由,与当年社会主义者运用类型小说的策略别无二致,即类型小说具有流行性。但是,当代女性主义者对小说写作技巧所包含的意识形态的重要性有更为充分的理解,并有更为自觉、更有深度的利用和发挥。

类型小说中的意识形态信息已经被植入其传统写作手法中,这是女性主义作家最关注的问题之一。传统类型小说中最常见的性别意识形态是非常保守的,女性的形象非处女即妓女,她们是一场追逐或冒险的目标,是社会行为和话语的客体,而非主体。由于这样的意识形态已沉淀入故事中,女性主义作家不得不开发出革新策略,来应对这种初看之下注定失败的局面。其应对的方法不是单纯地排斥传统叙事模式,而是有意识地应用这种叙事,并将之与其他手法进行有意识的结合。这种形态的直接挪用将传统的话语方式带入一种新的实验背景之中,本身就具有一种反对和抗辩的性质,使得那些被植入传统手法中的保守意识形态在叙事观念与文本形态的对立和挤压之下被"凸显出来"。特里萨·德·劳拉提斯认为,这种策略在露西·伊丽葛莱的著作《女人的性别不只是一种》中就得到了讨论:

对女性来说,仿写是试图夺回被男性意识形态剥削去的领地,使自己不至于简单堕落其中。这意味着让自己再次顺从于通过男性逻辑表达出来的女性思想,但这一次的目的是要通过戏谑式的重复,使得那些男性想要隐藏的思想"显而易见":女性能够在语言学中占有一席之地。同时,这还意味着要"揭露"这个事实,即女性是如此优秀的模仿者,因为她们并不只擅长模仿,她们无所不能。

在女性主义类型小说中,女性成为叙事的主体,她们既身处这些故事之中,又置身事外;既身处那个将她们称为"女人"的父权意识形态之中,又呈现出超越和否定的力量。女性主义作家能够熟练地运用保守的叙事方式和传统写作手法,因为她们对之有充分的认识和理解,能与之周旋,并能保持自己不被其控制或同化。以侦探小说为例,当代侦探小说中出现了为数众多的职业女侦探,是在西方社会中职业女性的地位得到提高后才被人广泛接受的。但同时,这对很多传统读者来说是一种冒犯,因为他们认为侦查是男人的工作。见微知著,这种叙事实际包含了深刻的意识形态信息——它使传统手法本身变成了意识形态争论的战场。作者、读者和评论家被卷入一场复杂的抗辩和协商过程之中——女性主义类型小说的观念和形态的不对称打破了原本平衡的话语方式和结构模式,导致了传统文学意识形态的争论和分裂,这场争论促使人们认识到传统意识形态并非不证自明、坚不可摧,而是可以不断质问并从这些根基上创造出新的意义。德·劳拉提斯认为这是一种"从别处来的视角","别处"在这里被定义为"霸权意识形态留下的缝隙,从各种制度的裂隙以及权利知识这一容器的裂痕中开凿出的社会空间"。

彼得·拉宾诺维茨在《阅读前》一书中谈道："传统手法是导致艺术派别能被预先设定的众多原因之一；传统手法通常是隐形的，它们是文学意识形态结构成立的前提，因此，研究传统手法能够帮助揭示艺术派别与学术界目前对其的理解和评价之间的联系。"女性主义类型小说家和评论家在各种文学传统手法中千辛万苦地寻找限制女性、对女性有负面影响的性别意识形态，揭示了反对性的或被边缘化的声音是如何被贬损的，这项研究成就了她们的文学价值和社会学、政治学意义。

第五节 读者的主体地位

阅读立场,即受众角度,是分析文学作品的读者反应最直接的角度。这是读者在阅读时选取的能使文本连贯通顺、产生意义的角度。"从本质上看,这就是一整套引导读者怎么阅读作品的指示,这套指示是作品通过传统手法发出的,而这些传统手法中同步包含了意识形态内容。"读者在阅读女性主义类型小说时,其累积下来的传统意识形态的阅读角度常常会和女性主义意识形态的阅读角度产生冲突,因此造成了读者阅读时的新鲜感。

读者对类型小说的接受角度和立场是对女性主义作家挪用传统类型小说的实际成效的验证。对读者来说,经过挪用和改造之后小说文本有可能会变得艰涩难懂,如果不借助传统叙事的典故来源,将很难辨认出它们究竟属于哪一种类型。托多洛夫认为:"正如语言规则可以被打破一样,通俗小说的写作规则也可以被忽视,但这么做不是没有后果的。"有时,结果可以是积极的,一些冒犯读者的传统模式被铲除,比如漂亮的金发女郎总是傻乎乎的,女人在智力上总是低于男性;而另一些时候,忽视规则的后果是读者群的严重流失,如果女性主义作家对类型小说的使用造成它们不再流行的结果,那就会与写作类型小说的目的背道而驰。在这种情况下,就需要我们深入考察女性主义类型小说和读者的互动模式,而读者这个概念在本研究中的中心地位就极其明显了。

评论家特里·洛威尔曾指出,有时候正是因为读者群的特殊性,导致了作品被主流评论所接受或者被拒绝。她观察了那些针对女性读者的小说的文化特性,得出了以下结论:"我们大概可以认为,作者的性别并不是使得某些作品被排除在文化资本累积这一过程之外的原因,相反,作品的受众导致了这种情况。被排除在外的是女性作家写给女性读者看的作品(女性——女性作品)。"在洛威尔看来,女性作家针对女性读者的写作是一种与父权主流意识相反的模式,只有当被权威的男性声音收容后才能被主流接受。洛威尔在文学作品中寻找女性主义思想的踪迹,结果她发现那些具有"文学存在价值"的思想都出自男性写的小说，而他们的小说恰恰又是间接只写给男性看的。近年来，大部分女性主义研究都试图重新发现那些一直被边缘化或被贬低的作品，它们被打入冷宫的原因通常是缺乏所谓的"普遍性"，也就是说它们被冷落的根本原因就是：不是写给男性看的。女性主义者对历史上女性作家的研究的内容，不仅是发现有多少女性以写作维生，更重要的是要研究为什么这些作家会被文学史如此彻底地遗忘。这个看似接近于否定和冒犯的研究视角为我们揭示了一个事实、阅读、记忆与遗忘这三种由读者发出的力量影响和改变了文学历史。

德·劳拉提斯将这一研究视角投射于当代女性主义的文学实践上："女性主义作品……的发端即是理解读者是有男有女的这一事实……随后试图相应地创造出叙事策略、识别点和场景。"事实上，由于自身不受类型小说传统手法所沉淀下来的意识形态的束缚，女性主义小说家在创作过程中必定会对文学实践和读者接受这两个概念有敏锐的认识。对于女性主义类型小说来说，其文本本身是对传统社会结构的挑战，要求在特定的类型规则中建造女性自己的结构。它对读者的期待是希望读者除了获得阅读的乐趣之外，不再仅仅满足于幻想和自我迷失，而是进而触发读者去要求更活跃的东西。

对于读者对文本的选择和接受问题，当代著名文化研究理论家约翰·费斯克曾有过著名的论断：大众文本是可以利用的资源，某些文本会被大众选择而变成大众文化，而有些则被大众抛弃。"大众对文化工业产品加以辨识，筛选其中一部分而淘汰另一部分。这种辨识行为往往出乎文化工业本身的意料，因为它既取决于文本的特征，也同样取决于大众的社会状况。"他明确指出只有那些同时包含宰制的力量和反驳那些宰制力量的机会的文本，才是具有积极社会意义的"生产者式文本"，能够激发读者进行"生产者式的"主动阅读。女性主义类型小说在对传统类型小说兼收并蓄的基础上，积极颠覆传统父权社会的意识形态，与费斯克"生产者式文本"的内在要求相呼应，成为张扬读者力量、激发读者潜能的重要实践方式。

在当代文化情景之中，作者与读者的身份被重新界定，创作与接受、阅读与交流、作者的创作活动与读者的阅读活动形成动态、开放的关系——女性主义作家自觉地意识到并采取了这种复杂的策略来实现类型小说的转型,这也是与读者共同经历的转型过程。对试图在自己的作品中构建女性主义阅读角度的作家来说,女性主义类型小说是一项激动人心的创举。而对阅读过程中积极建立女性主义阅读视角的读者来说,女性主义类型小说是她们激发自省、重塑自我的有效途径。正是在这个层面上,女性主义类型小说刺激和启发了当代传播文化,为小说的叙事观念、写作方法、写作主体意识以及对历史价值的分析和重构等问题,提供了丰富的想象和启发。

第六节　作为"生产者式文本"的女性主义类型小说

本节借鉴约翰·费斯克的"生产者式文本"这一概念,考察女性主义类型小说的文本特征、写作策略和微观政治意义。女性主义类型小说通过对传统通俗小说进行挪用和戏仿,传播女性主义思想,具有灵活、开放的文本特征。

与先锋文本所拥有的特殊文本力量和陌生化效果形成对照,女性主义类型小说以大众"生产者式文本"的姿态,鼓励读者在已经掌握的传统话语技能的基础上,激发读者进行"生产者式"阅读,在阅读过程中提高辨识力和创造力,从而产生积极的微观政治意义,成为女性激发自省、重塑自我的有效途径,同时推进了女性文学自身的建构以及当代文化的民主化进程。

在传统文学批评领域,通俗文学是肤浅和保守的代名词。通俗小说一贯被人诟病,被认为具有模式化的故事情节,宣扬保守的意识形态,维护主流的价值观念。在文化研究领域,进入 20 世纪 60 年代和 70 年代以后,西方学术界对通俗文化的研究逐渐重视起来,文艺批评家和学者感受到了流行文化的繁荣和活力,开始在理论上探讨包括通俗文学在内的各种大众文化的价值和影响。而其中最有影响力的人物之一就是约翰·费斯克。费斯克为大众文化辩护,突出地强调了大众的主动性以及文化辨识力、生产力和创造力。他充分肯定大众文化的积极功能,特别是其在创造意义、快感和社会认同中的作用。他纠正了理论家抬高先锋文本并极力贬低大众文本的做法,分析了大众文本的"生产者式"特征,对通俗小说给予了积极的正面评价。

费斯克对通俗文化的辩护理论,尤其是他提出的"生产者式文本"这一概念,为我们理解女性主义向通俗小说渗透这一现象以及分析女性类型小说的性质提供了一个独特的分析视角。费斯克认为,大众文本是可以利用的资源,某些文本会被大众选择而变成大众文化,而有些则被大众抛弃。他明确指出,那些"生产者式文本"具有积极的社会意义,而这样的文本必须同时包含宰制的力量,以及反驳那些宰制力量的机会。

女性主义类型小说在对传统通俗小说兼收并蓄的基础上,积极颠覆其中蕴含的父权社会意识形态,与费斯克"生产者式文本"的内在要求相互呼应,成为张扬大众文化积极力量的一面旗帜。

一、灵活与开放:"生产者式文本"的特征

费斯克的"生产者式文本"这一概念,建立在罗兰·巴特对文本性质的分析基础之上。巴特区分了"读者式文本"与"作者式文本",并考察了两种文本所引发的不同阅读实践。他认为,"读者式文本"设定了一个固定实体的存在,同时假设自身是对这一实体的描述,它吸引的是本质上消极的、接受式的、被规训了的读者。这是一种相对封闭的文本,只倡导单一的意义,易读易懂,清晰明了。与此相对应的则是"作者式文本"。它并不提供一个静态的实体,而是邀请人们去生产无数的实体,不断地鼓励读者重新书写文本,并从中创造出意义。"作者式文本"是丰富的、多义的,充满矛盾的,反对一致性与统一性。它的代码中没有孰优孰劣之分,也不承认话语的等级结构,它是开放的。"作者式文本"凸显了文本本身的"被建构性",它邀请读者像作者一样或者和作者一起建构文本的意义。

与巴特的概念既相联系又相区别,费斯克的"生产者式文本"这个范畴是用来描述"大众的作者式文本"的。它具有"读者式文本"的通俗易懂性,即使是那些已经充分融入主流意识形态的读者,也可以轻松地阅读这种文本。同时,它又具有"作者式文本"的开放性,但是表现的方式有所不同。"作者式文本"的开放性体现在那些以作者为主导的先锋派作品,往往会追求文本的"陌生化"效果,不断破坏人们的常规反应,使人们重新调整心理定式,去感受对象的生动性和丰富性,从而重新唤起人们感知艺术的原创性。这种先锋派作品会使读者惊讶地认识到文本内的新的话语结构,并"要求读者学会理解新话语的技能,以便使他们能够以作者式的方式参与意义与快感的生产"。而"生产者式文本"并不像"作者式文本"那般产生"陌生化"的效果,它并不以它和其他文本或日常生活间的惊人差异来困扰读者。它也不将文本本身的建构法则强加于读者身上,以致读者只能依据该文本本身才能进行解读,而不能有自己的选择。"生产者式文本"的不受规训,是日常生

活的不受规训,这是人们相当熟悉的,因为这是具备权力结构的等级社会中的大众体验所具有的一个不可避免的要素。因此,"生产者式文本"的开放性呈现出不同的特点,它并不要求那种"作者式"的主动阐释行为,也不设定规则来控制它,它所依赖的只是读者早已掌握的话语技能,仅仅要求他们以对自己有利的、生产者式的方式来使用它。"毋宁说,生产者式文本为大众创造提供了可能……它包含的意思超出了它的规训力量,其内部存在的一些裂隙大到足以从中创造出新的文本。它的的确确超出了自身的控制。"与先锋文本所拥有的特殊文本力量和陌生化效果形成对照,大众的"生产者式文本"鼓励大众进行不受文本控制的自由的社会体验,寻找文本与社会关系的交接处,并且驱动大众从中生产出自己的意义、快感和社会认同。

从上述对"生产者式文本"的特征分析可以看出,女性主义通俗小说正是"生产者式文本"的一个范例。女性主义小说家们挪用广大读者耳熟能详的传统通俗小说的某些写作模式,目的是吸引和鼓励尽可能多的大众积极地投入文本的阅读之中。这与纯粹的先锋派作家采用艰深晦涩的创作模式以寻求小范围内的读者共鸣,甚至排斥大众理解的意图是截然相反的。女性主义通俗小说家认为文本是大众可以利用的资源,但同时也意识到并不是所有的文本都能够成为大众权且利用的资源。一个文本必须具有多义性与开放性的特征,才可能受到欢迎。因此,女性主义通俗小说所采取的策略是以传统通俗小说为外壳,并注入新鲜、进步的女性主义思想,与传统文本和社会关系拉开了距离,形成的裂缝正是读者所能进行自由体验的空间,也是读者所能创造的意义。女性主义通俗小说绝不是吸引本质上被动、被体制规训了的读者。恰恰相反,为了将代表时代进步意义的女性主义思想传播到最大多数的读者之中,它们采取了最有时效的策略,首先将读者邀请到了文本的阅读之中,为读者提供尽可能大的阅读空间和参与空间;然后随着阅读的深入和拓展,激发读者参与意义的建构,其最终目的是为读者提供提高辨识力和创造力的阅读实践。女性主义通俗小说所具有的"生产者式文本"的特点,就表现在它既像"读者式文本"一样具有灵活易懂性,又像"作者式文本"那样具有丰富性、矛盾性和开放性。它们将传统的通俗小说变成了一个意义的潜在体,鼓励阅读群体从自身的日常生活出发,积极地对文本进行解读,以便从中生产与他们的社会体验相关的意义。这样,女性主义通俗小说作为一种大众文本,就同时包含了宰制的力量,以及反驳那些宰制力量的机会。

二、戏仿与浅白:"生产者式文本"的意义生成策略

包括通俗小说在内的大众文化往往被贬斥为鄙俗、过度、浅白等,对女性主义通俗小说的批评也往往集中在它内容浅薄、陈词滥调等方面。其实,这样的评价凸显出来两个问题。

第一个问题是对阶级利益的诉求。那些对大众文本加以贬斥的人恰恰表明了他们的传统身份、传统利益正在遭受大众生产力和辨识力的威胁。正如布尔迪厄所阐明的,日常生活各个领域的文化实践和符号交流,都或多或少地表达或泄露了行动者在社会生活中的位置、身份和等级。鉴赏者在区隔对象的同时也往往区隔了自身,文化从来都不可能断绝与社会支配权力之间的姻亲关系。费斯克也说过:"那些所谓绚丽的、过度的、无品位的文本,为我提供了快感。……这些快感之所以有快感可言,部分原因在于它们冒犯着那些阶级标准及其意识形态,它们是运作着的民粹主义形式。"在他看来,自以为趣味高雅的批评,其描述虽然可能是准确的,但其做出的评价往往是错误的。

第二个问题是忽视了阅读本身具有的能动性。对阅读这一概念的重新界定,是语言领域的重要革新。读者反应批评理论的代表人物斯坦利·费什批评了一切将文本看成是自足体系,将意义视为读者可以通过相同的普适过程就能够从意义的贮水池中提取的东西这种观念。费什认为,意义总是根据作者的意图和此后读者的反应来确定的。阅读是一种运动的艺术。文本自身是不确定的,意义要通过读者的理解和叙述被重新设立。文本的连带性与其说源于自身,不如说是读者的意识、观点、过去的经验和未来的期望被施加于文本材料上的结果。这就表明,作为活的文本,意义发生的过程是作者的文本与读者的经验相通的结果。费斯克提出对"生产者式文本"进行积极的、"生产者式"的阅读,显然是与文化理论注重阅读能动性的研究一脉相通的。那么,在女性主义通俗小说中,作者采取了什么策略去召唤大众的"生产者式"阅读倾向呢?

费斯克承认过度性与浅白性是"生产者式文本"的主要特征。这些特征并非

"生产者式文本"的缺陷,而恰恰是它的优点,并提供了创造大众文化的丰富和肥沃的资源。浅白性意味着大众文本充满裂隙,它刺激"生产者式"的读者得出自己的意义,从中建构自己的文化。过度性意味着意义挣脱控制,挣脱霸权式意识形态规范的控制或是任何特定文本预设的要求。"过度是语义的泛滥,过度的符号所表演的是统治意识形态,然后却超出并且摆脱它,留下逃脱意识形态控制的过度意义,这些意义也可以被自由地用来抵抗或逃避统治意识形态的控制。"那些被过度超出的规范因此失去了其隐形性,失去了它们作为自然而然的常识状态,从而被导入开放的议程之中。

在费斯克看来,"过度"中的一个重要因素是戏仿。戏仿是一种进步的文化实践,以滑稽的方式去重复那些占统治地位的文化观念和规范,在重复之中创生差异,在差异之中体现重复,从而催生一种自由批判的意识模式。正因如此,过度包含戏仿因素,戏仿使我们能够嘲笑常规,逃脱意识形态的侵袭,从而使传统规范自相矛盾。

戏仿的这种文化策略在众多女性主义通俗小说中得到了有力的体现。女性主义通俗小说不断地戏仿传统通俗小说,对其承载的父权社会意识形态进行有力的质疑。女性主义科幻小说仍然采纳传统科幻小说在其他星球建立新型社会的模式,不是为了歌颂男性所设想的传统乌托邦蓝图,而是表达对解脱男性束缚的渴望。

女性主义童话小说依然采用白雪公主、小红帽等传统童话形象,不是为了支持父权制社会对女性的驯化,而是把她们当作新女性意识的载体。女性主义侦探小说在传统侦探小说模式的基础之上,描写女性的智慧,展现女性对社会不公的洞察,对真相的揭露和对正义的追求。

正是通过这些戏仿,女性主义通俗小说家在自己所理解的象征体系中确立了自己的意义,通过利用它们的能指、拒绝和嘲笑它们的所指,证明了自我创造意义的能力。

"生产者式文本"的另一个特点是浅白。能够被大多数人阅读的简单文本常常被一些批评家指斥为简单浅薄,因而难以获得积极的文学价值和社会价值。许多大众文本是简单的,它对人物关系、心理等,可能仅仅以最粗犷的笔触加以肤浅的描述。

但是,这些特征并非大众文本的缺点,而恰恰是其强度所在。大众文本通过展现而非倾诉,用素描而非工笔,将自身向各种各样的社会关系敞开。诉说或揭示隐藏在表面下的真相,是封闭的、规训式的文本的特征,这样的文本需要的是解码而非解读。

解码需要训练和教育,而训练和教育则是由控制语言系统的社会力量组织的,它是同一权利的策略性运作的一个组成部分。训练和教育的功能是使读者从属于权威文本,从而臣服于该权威文本所代表的权力系统。

解读所强调的是实践而不是结构。它所关注的是文本在日常生活中的使用,而不是其系统性或者规范性。

女性主义类型小说的文本,在更大程度上需要的是解读,尽管它所展现的看似是浅白的东西,但内在的则未被言说,未被书写。

它在文本中留下裂隙与空间,使"生产者式"读者得以填入自身的社会体验,从而建立文本与社会生活之间的关联。拒绝文本的深度和细微的差别,相当于把生产这些深度与差别的责任移交给读者;而且,至少有一部分读者所做的,正是对文本深度与差别的生产。

女性主义类型小说借用读者所熟知的传统通俗模式和内容,让读者自然、积极地投入对文本的阅读和讨论之中。它并不需要读者接受文学史和文学批评的系统训练,而是唤起读者最深刻最细微的感性经验,这不但是让读者为自我创造文本意义的最佳途径,也符合女性主义提倡的建立新的女性阅读经验和女性文学的目的。

在一些评论家眼里,读者阅读大量某种通俗小说的行为常被认为是他们完全缺乏判断力的表现,因而成了文本主导阅读的证据。但同时值得注意的是,阅读大量同一通俗类型小说会使普通的读者对通俗小说变得非常熟识,因此他们能够对与传统通俗小说不同的任何特殊文本做出自己的判断。

"女性主义读者会很活跃地质问她们所看到的文本,就好像这些文本是她们自己所作,以此来证明她们对亚文化的信念以及对理想的探索和传播。"

在当代文化情景之中,作者与读者的身份被重新界定,创作与接受、阅读与交流形成了动态、开放的关系——女性主义作家自觉地意识到并采取了这种复杂的策略来实现通俗小说的转型,这也是与读者共同经历的转型过程。

三、"生产者式文本"的微观政治

费斯克认为大众文化的颠覆性并不表现为直接的政治行动,而是主要表现在微观政治领域。在他看来:

大众文化是进步的,而不是革命性的。……在适合的条件下,它能赋予大众以力量,使他们有能力去行动,特别是在微观政治的层面,而且大众可以通过这种行动,来扩展他们的文化空间,以他们自己的爱好,来影响权利在微观层面的再分配。

大众文化的进步作用使它能够对社会变革起到推动作用。费斯克认为,有两种不同的社会变革模式,分别是激进模式和大众模式。激进的社会变革模式也就是革命,而大众模式是一种持续进行的过程,旨在维系体制中大众自下而上的权力。

它缓和了权力激烈的两极对立,使弱势者获取了一定的权力,并维持他们的自尊与身份认同。因此,它是进步的,但并非激进的。

费斯克认为通俗文学具有微观政治的革命性的观点,与利维斯的文化精英主义以及法兰克福学派的马尔库塞等人对通俗文学的批判视角正好截然相反。利维斯认为文化始终是少数人的专利,大众文化对精英文化的侵蚀,只能造成文化的衰败。利维斯主义的拥趸者们认为通俗小说带给读者的仅仅是一种虚假的心理安慰:"这种心理安慰……是创造力的对立面,因为通俗小说并不会使读者精神焕发、热爱生活,相反,却让他们对生活更加不适应。读通俗小说的人往往逃避现实,拒绝面对生活的真相。"

利维斯夫人指责通俗小说的读者为"沉溺于谎言的瘾君子",而言情小说会滋生一种"做白日梦的习惯,并导致真实生活的失调"。读这些小说是自轻自贱的行为,而更为糟糕的是这种成瘾性"营造了一种对志向高远的少数人极为不利的社会环境。……真实的感受和富有责任心的思考受到了阻滞"。

当利维斯主义在哀叹文化精英的衰落时,法兰克福学派的马尔库塞则认为大众文化体现了大众对权力的遵从,阅读通俗文学的大众成为文化工业所操纵和蒙蔽的对象。"因此就产生了一种单向度的思维与行为模式,那些试图超越既有话语和行为范畴的观念、愿望和理想,要么被摒弃,要么被纳入现存的体系。"

不管是利维斯的文化精英主义论调,还是马尔库塞认为文化工业阻碍了政治理想的发生的观点,都是带有道德和主观色彩的批判,而不是一种历史的描述和客观的研究。也正是这种客观性和历史性的缺乏使他们很少去正面地客观地描述和定义文化。

在《解读大众文化》一书中,费斯克把"文化"理解为"生产关于来自我们的社会经验的意义的持续过程,并且这些意义需要为涉及的人创造一种社会认同"。文化是感觉、意义与意识的社会化生产与再生产;而且文化总是处于生成的过程中,是将经济领域与政治领域联系起来的意义领域。

在西方社会,尤其是先进的具有较高民主程度的资本主义社会,其统治方式已经不再是通过暴力,而是通过宣传,通过其在精神和道德方面的领导地位,让广大民众接受一系列的法律规定或者世界观来达到其统治的目的,这就是安东尼奥·葛兰西所说的"文化霸权"。

在葛兰西看来,新的统治集团要维持统治,不能依靠暴力,也不能依靠一方对另一方简单的强制性灌输,而是必须行使建立在市民社会基础之上的意识形态和文化的领导权,依靠教育、宣传等手段,逐渐地改变群众的心理结构,用思想改造思想,各个击破,瓦解原有的统治阶级的文化,才能为夺取最后胜利创造必要的前提和基础。

通俗文学具有易懂性、时代性以及制造幻想、平稳心理等特点,具有不可忽视的文化学、社会学和社会心理学的价值和意义。

通俗文学通过大量刊发、广泛传播的形式,能够占据阅读市场,吸引为数众多的读者,为意识形态的转变创造坚实的群众基础。

因此,葛兰西认为通俗文学是新文学的极其重要的组成部分,是精神、道德革新的表现,只有从通俗文学的读者当中,才有可能挑选出为建立新文学的文化基础而必备的、足够数量的公众,在这块最能影响广大群众的思想和心理的领域中除旧布新,推翻资产阶级的"文化霸权"。

整体地看,这个理论将传统文化评介的等级观念消解、悬置了,文学的价值评判标准从对文学本身的格调、品位、素质等评介参照,转移到了关注文学的社会功能,以文学作为社会实践的实验场域,使文学成为政治的策略通道。

费斯克的文化理论借鉴了葛兰西的"文化霸权"思想,并强调了微观政治的社会变革潜能:他认为,即便是最微观的微观政治,比如在内心的幻想世界中逃避意识形态的殖民势力,也会起到社会变革的作用。

它们虽然不能导致宏观或微观层面的社会行动,但却会建构这种行动所必需的心理与思维基础。费斯克甚至认为,同先锋艺术在宏观层面的政治效果相比,大众文化在微观层面的进步性效果要显著得多,这一论点得到了许多评论家的认同。

伊安·昂指出:"读者阅读时产生幻想,而幻想的游戏性和试用性,使其具有产生虚构的自我的潜能。制造和消费幻想要求与现实做游戏,人们可以感觉到幻想是'自由的',因为它是虚幻的,而不是真的。在幻想的游戏中,我们可以装扮各种角色而不用担心它们的'现实价值'。"

反观女性主义运动的历史,我们可以发现,当女性主义运动进入第二次浪潮之后,妇女所要求的不再是通过社会革命的激烈方式来实现女性的权利和自主。

从 19 世纪晚期持续到 20 世纪 20 年代的女性主义运动第一次浪潮的核心,是女性要求获得与男性平等的选举权、受教育权和财产权,而第二次浪潮则冲击了女性生活的更多层面,女性私人生活方面的各种问题被纳入了女性主义讨论的议程,女性视野和女性经验得到更多的重视。与第一次浪潮相比,女性主义者所关注的问题更个体化、精神化,因此她们表达女性思想的方式就更多地表现在微观政治方面。其中的一个途径,就是借助通俗文化的影响力,传播女性主义思想。

在文化的民主进程中,女性主义者认为她们有发表通俗观点、改变文化观点的需要,而尝试挪用通俗文化和通俗小说作品是其中的一部分。

当我们把女性主义通俗小说放入当代文化发展背景中进行考察,就可以发现它已经超越了作为文化形态的传统定义,而是成为社会意识形态、权利结构、话语制度的文化创造和表达的新方式——那就是以灵活开放的方式改造传统文化和传统价值观念的单一通道,从而致力于解放、平等和多元的当代文化和当代政治命题。

作为一种"生产者式的文本",女性主义通俗小说不仅在作者身上体现了进步性和创造性,并且通过改变读者的阅读内容或阅读习惯,让读者激发自省,重塑自我,使女性主义通俗小说在推进女性主义文学本身建构的同时,以一种强力传播利用了大众的阅读趣味,侵袭和干预了传统文化生态,改变了单一的父权文化的生态格局,从而对未来文化产生了有益的影响。

第三章　女性主义科幻小说

第一节　类型历史

科幻小说的创始人可以追溯到 17 世纪的太空旅行小说,例如毕晓普·戈德温的《月球上的人》和西拉诺·德·贝尔热拉克的《到月球和太阳的旅行》。17 世纪还出现了描写理想未来社会的小说,它们从托马斯·莫尔的《乌托邦》发展而来,其中有几位女作家占据重要地位:玛格丽特·卡文迪什的《新世界的描述》,以及《呼唤炫目的世界》,讲述女皇统治一群女人的故事。玛丽·阿斯特尔的《一个严肃的建议》,莎拉·斯科特的《千禧厅》,以及斯科德莱女士和蒙庞谢尔女士等都描写了形式各异的理想女性社会。巴伦·霍尔伯格的《尼尔斯·克雷姆地下世界旅行》开创了地球中心发现其他世界的写作系统。

大多数评论家在 19 世纪才开始承认科幻小说是一种类型。19 世纪的西方社会极其动荡。工业革命在一夜之间颠覆了世代沿袭的工作方式,无数人的生活就此改变。城市迅速发展,在工厂里同机器打交道的新一代工人居住在城中庞大的贫民窟里,一次接一次的危机撼动着社会的根基。伴随工人阶级一起壮大起来的是社会主义和其他激进的政治运动。随着民主进程的推进,人们对社会正义的需求也越发强烈。中产阶级和工人阶级妇女也积极争取社会正义,要求获得平等的法律权利和投票权。达尔文的进化论使中产阶级白人男性大为震惊,因为他们向来认为自己是独一无二的,是上帝造物的宠儿。但他们又很快将进化论吸纳入社会达尔文主义,为己所用。地理研究及越来越多的化石资料动摇了人们对创世纪的固有理解,造成政治和精神创伤。无差别自我的概念则因对个体意识的本质的研究而遭到质疑。19世纪中后期,弗洛伊德的研究进一步证实人们需要一种更复杂的意识运作模型。生活中的一切确定之物都受到质疑:阶级地位和阶级传统,男女在社会中的角色,上帝的本质,自我的本质。应对这些挑战,作家们试图通过多种方法发现并解决问题,应对危机。

科幻小说是文学对这一危机四伏的年代所做的回应。如今被划归为科幻小说的传统手法最早出现在带有哥特式奇幻手法的作品中,玛丽·雪莱的两部小说《弗兰肯斯坦》和《最后一个人》,通常被认为是这一类型的开端。《弗兰肯斯坦》的主人公是一名青年医生维克多·弗兰肯斯坦,他发现了生命的奥秘,用人工方法造出了活人。但由于实验误差,这个活人面目狰狞,人们不敢与之接近,于是该活人迁怒于制造他的青年医生。在写作手法上,这部作品继承了哥特式小说的艺术风格,营造出一种阴沉、恐怖的气氛。但是,和传统的哥特式小说不同的是,小说的主人公弗兰肯斯坦不再是传统哥特式小说中的骑士英雄,主人公所要面对的灾难也不是一般意义上的灾难,而是人类自己所制造的灾难。这部小说之所以被后人认为是第一部科学幻想小说,主要是作品中科技占据了重要位置,使人类的幻想具有科学依据,并通过这种手法,对人类本身的行为进行观察。小说描写了科学家弗兰肯斯坦与自己制造的怪物之间的恩怨仇杀,从而开创了科学幻想小说中"人造人"的一大题材。

虽然在这部作品中科技第一次成为小说的主角,但雪莱更关注的是科技同社会的关系,并非科技本身。维克多·弗兰肯斯坦的错误不只是追求被禁的知识那么简单。他未能考虑到其研究的后果,这也是今天许多领域内的科学家(如核技术、基因操纵、试管受孕)面临的两难境地。雪莱利用技术同社会的冲突对其他问题进行了探讨,其中包括性别问题。为了造物,弗兰肯斯坦不仅扮演上帝,还篡夺了女性的作用。因此,他制造出的成品是大男子主义挪用和剥削女性生物能力的结果。这种能力是女性在父权社会中决定性的又是局限性的特征。父权秩序将母性和女人强行归入男性主导的性别歧视主义中。

弗兰肯斯坦否认母亲的存在,而性别歧视主义则是从意识形态上否定女性,将之简单地等同于母亲的躯体。无论哪种情况,结果都只能是灾难性的:弗兰肯斯坦创造的只是一个反映创造者意识碎片的怪物,而非拥有主观思想的个体。这个灾难性的创造物表明,科技若脱离社会便会造成巨大混乱。它也象征着性别歧视主义对两性关系,尤其是女性的扭曲。小说表明,从根本上看,科技变革将带来怎样的社会影响,是同父权制中定义的性别角色与权力差异相互联系的。

玛丽·雪莱的另一部作品《最后一个人》讲述 21 世纪末期一场毁灭欧洲的瘟疫过后唯一的幸存者的故事,创造了科学幻想小说中的"世界末日"题材。

美国科学小说起源于 19 世纪上半叶,几乎与英国同步。埃德加·爱伦·坡的短篇小说《汉斯·普法尔历险记》是关于乘气球去月球旅行的故事,小说运用已有的科学以及假想的科学知识为工具,对人的心灵深处进行了大胆的探索。它的出现时间,早于 19 世纪末由儒勒·凡尔纳和赫伯特·乔治·威尔斯引发的科幻小说浪潮。

19 世纪法国的儒勒·凡尔纳以其作品多产和对科幻小说手法的创新所做出的独特贡献,被公认为"科学幻想小说之父"。他一生中写了近百篇科学幻想小说,其中 64 部长篇科学幻想小说,两卷中短篇集。他的作品深受《鲁滨孙漂流记》的影响,但扩大了旅行的范围——描写环绕地球,往地球内部,在海底,在空中以及围绕月亮的特殊旅行,其代表作为三部曲:《格兰特船长的儿女》《海底两万里》和《神秘岛》。

儒勒·凡尔纳的第一部科幻小说《气球上的五星期》于 1863 年在法国发表,接着又发表了《地心旅行》和《飞向月球》。它们获得了巨大成功,凡尔纳继续创作了80 部小说,都以特立独行的男性进行独特的旅行为内容,如《海底两万里》中的"鹦鹉螺号"潜艇,《云中飞船》中的飞行机器,或者《八十天环游世界》中所描写的经历。

《海底两万里》是凡尔纳的主要作品,也是他那个时代科学幻想小说的代表。这部小说主要讲述巴黎博物馆生物学教授彼埃尔·阿龙纳斯先生和他的两位朋友乘坐尼摩船长的"诺第留斯号"潜水艇在海洋漫游的故事。它刻画了尼摩船长这一传奇性的人物形象,并有两个大胆的科学预测:一是潜水艇的应用,一是电力的广泛使用。作者以近乎着迷的热情描述科学冒险,并常常能预料到未来的发现和发明,从而把科学幻想小说推向一个新的发展阶段。凡尔纳的作品具有法国风范的典雅,追求科学上的准确和超前,被后来的研究者认为是科学幻想小说的"科学派"或者"硬派"。直到19世纪末,尽管已出现了像凡尔纳一样具有影响的科学幻想小说家,但他们都只是在某一方面进行探索,并没有形成一个独立的文学形式。

在英国的科幻小说领域,赫伯特·乔治·威尔斯的作品在考虑技术对社会的影响方面更为严肃,他创作的动机最初开始于对玛丽·雪莱的回应。威尔斯总结了以前各个科学幻想小说作家的特点,创造性地继承并发展了科学幻想小说,使它作为一个独特的形式出现在文坛。威尔斯一生写了9部著名的科学幻想小说,这9部小说集中写于1895—1908年。其中第一部,也是他的代表性作品《时间机器》,第一次提出了通过机械的发展赶超未来,并且把达尔文进化论思想用小说的方式加以表现。小说描述了一位时间旅行家乘坐自制的时间机器,穿越时空来到了数十万年后的未来世界。他惊讶地发现,未来的人类不但没有进步,反而大大退化了。作者运用了一种近乎恐怖的手法和错综复杂的情节,展示了一幅骇人听闻的人类退化的阴森恐怖的景象。接下来的小说《隐形人》和《世界之战》更关注科学而不是社会问题。科学创新对社会结构的影响问题继续出现在他于20世纪创作的作品中,如《月球上的第一个人》《当他醒来》《现代乌托邦》《在彗星的日子》和《自由的世界》。但在后期作品中,科学家和技术创新人员在他们的社会中得到了公正的评价。从莫罗博士的疯狂实验,到占据支配地位的技术专家的乌托邦,这中间有一个意识形态的大转变。但威尔斯与在他之前的雪莱一样,用科幻小说提出与技术有关的社会问题。在英国,这一类型从一开始就被用作社会批评的一种形式。

威尔斯的作品情节生动,矛盾突出,故事复杂有趣。他以小说的形式向读者描绘科学技术发展远景的时候,更多地关心科技被一小部分坏人利用后可能造成的后果。在《莫洛医生的岛屿》(The Island of Doctor Moreau)中,主人公莫洛医生通过动物实验,将一群动物变成了人,然后强制这些兽人服从他的指挥和命令。最后,莫洛医生被他自己亲手制造出来的这些兽人杀死,兽人之间也发生内讧,相互厮杀,整个岛屿尸体横陈,一派浩劫残象。作者力图证明:科学技术一旦被某些人用于自私和罪恶的目的,不仅不能造福于人类,反而会给人类带来灾难与祸害。另一部小说《隐身人》也反映出这一观点。威尔斯把他对社会的现状和人类未来的批判性思考融入他的科学小说创作中。

他的作品通过科学幻想表现人类的社会问题,对人类的未来充满焦虑与不安,因此他的作品具有深刻的社会意义,同时也启发了后来的反科学小说作家。

同时,威尔斯把幻想的和可能的,陌生的和熟悉的,新的和老的内容结合在一起,注重文学性,刻画人物性格,表现人物思想,用小说的形式象征人类社会的矛盾和发展,注重揭示科技发展对社会的影响,奇特的科学想象与深刻的社会批判结合在一起,将科学内容服务于人物描写,关注科技发展对人类生活的影响,具有深刻的思想内涵与社会意义,奠定了现代科学幻想小说的基本形式,被后来的研究者认为是科学幻想小说的"文学派",或者叫"软派"。推崇这一派的西方人士认为威尔斯才是真正的"科学幻想小说之父"。

19 世纪末期在美国,爱德华·贝拉米用乌托邦小说形式成功地对社会进行了批判。这个潮流开始于英国布尔沃·利顿的《即将出现的民族》和《萨缪尔·巴尔特的艾洛恒》。但爱德华·贝拉米的《回顾 2000—1887》是最有影响力的。爱德华·詹姆斯认为它不只是一本畅销书,而且促成了 162 个政治"贝拉米"俱乐部的成立和 50 多部乌托邦小说的创作。这些俱乐部显示了社会主义政治和乌托邦小说之间的直接联系,有许多乌托邦小说因为受到《回顾》的影响而继续进行政治批判,包括威廉·毛里斯的《乌有之乡》,以及一系列美国女性乌托邦作品,如玛丽·布拉德利·莱恩的《麦泽拉》,阿米莉亚·加兰德·米尔的《皇家天文学家麦西亚》,夏洛特·珀金斯·吉尔曼的《移山》《她乡》及它的续篇《她在我们的家乡》。

美国女性的乌托邦小说主要关注性别问题。《皇家天文学家麦西亚》展望了一个教育和机会平等的世界,那里女人可以成为皇室天文学家,而《麦泽拉》和《她乡》创造了女性的分离主义社会。这些小说以美国第一次争取女性选举权、教育改革和节育等权利的女性主义运动为背景,对男权制的婚姻制度和男女不平等现象的批评很有见地。玛丽·格里菲思、弗洛伦斯·迪克西、伊丽莎白·斯图亚特·费尔普斯、安妮·登顿·克利兹、爱洛维丝·里奇伯格、莉娜·弗莱和洛伊斯·怀斯布鲁克在 19 世纪末进一步对女性乌托邦小说做出自己的贡献,她们的乌托邦社会往往被设置在其他星球,或者未知的国家。

在美国,20 世纪初,由于公共教育事业的迅速发展,读者数量大增,人们如饥似渴地寻求书籍,追求科学知识。为了适应这种情况,书刊行业迅速发展,为了宣传科技知识,有些科学杂志除刊登科学文章之外,还连载一些科学技术故事。其中最著名的是雨果·根斯巴克在他所编的《现代电气学》上连载的科学小说,起初故事简单而且较粗俗。1923 年,他把一期《科学与发明》杂志的全部版面用于登载小说,命名为"科学故事专刊",从根本上扩大了这种文学形式的影响,接着开始出现了"科学故事"的专门杂志。1926 年,《惊人的故事》杂志创刊。最初这些杂志在很大程度上依靠转登凡尔纳、威尔斯等人的小说,并且把"科学故事"的定义确定为:凡尔纳、威尔斯型小说,惊人的浪漫故事融合着科学的事实和预见性的看法。不久,雨果·根斯巴克创办了《奇异的故事》和《科学奇妙故事》两种杂志。1930 年,又出现了《超级科学惊奇故事》杂志。这些专业杂志之间的竞争,加上其他杂志继续刊登科学技术故事,大大推动了科学幻想小说的发展。雨果·根斯巴克注重科学幻想小说的科学性,他的努力对科学幻想小说"黄金时代"的到来产生了决定性的作用,以他的名字命名的"雨果奖",是世界科学幻想小说的顶级大奖之一。

雨果作为科学幻想小说的鼓励者,有着不可磨灭的功绩,但美国科学幻想小说的成熟应归功于哲学博士 E.E.史密斯。他的第一部作品《云雀与太空》于 1928 年在根斯巴克的《惊人的故事》杂志上发表引起轰动。史密斯的科学幻想小说,主要有"云雀丛书"和"摄影师丛书"这两个太空小说系列。太空小说的渊源,可以追溯到 19 世纪末和 20 世纪初,但一直到史密斯的两个作品系列问世,才确立创作模式。这个模式的特征是:故事冲突的双方往往牵涉两个或两个以上的科技高度发展的社会。主人公一方是人类,对立的一方或为人类或为其他高等动物。人物活动的场景在太空,而且使用了宇宙飞船编队等高科技运输工具。

简·多娜沃斯曾经对早期科幻杂志中的女性作品进行了研究。她认为,1929年,用技术和科学写作的女作家已经形成了一个团体,这些作家包括:索菲·文泽尔·埃利斯、米娜·欧文、泰勒·汉森、利利斯·洛伦、凯瑟琳·鲁德威克、路易斯·赖斯和莱斯利·斯通。虽然她们大多数用男性讲述者和男性专家作为主角,但一些作家,如斯通、赖斯等人仍然成功地在主要情节中讨论了女性的选举权和教育问题。

　　20 世纪 30 年代美国科幻杂志中继续涌现出很多女性作家。1933 年,穆尔开始为杂志写作,她最早为《奇异故事》创作了《宇宙魔女》。穆尔以强壮的、有男子气概的诺斯怀斯特·史密斯为主角,创造了一个极其成功的系列,同时也成功地创造了以强壮的女性吉瑞尔为主角的系列,她是最早用剑的女勇士形象之一。

　　在 20 世纪 20 年代中期的英国,威尔斯的流行科幻小说引发了关于"未来学"的文化讨论,如遗传学家霍尔丹的《泰达路斯》和《科学与未来》,物理学家伯纳尔的《世界、人类和魔鬼》。这些作品又影响了推测性的社会科幻小说,包括奥拉夫·斯特普尔顿、詹姆斯·布利什和阿瑟·克拉克等人的作品。和美国科幻杂志相比,英国作家用更长篇幅的小说形式来继续表达关于科学对社会的影响的严肃反思。

　　这一时期,出现了另一个有影响的作家约翰·坎贝尔,他是科学幻想小说的卓越的组织活动家,也是一位有影响的科学幻想小说作家。他早年受根斯巴克派的影响,发表了不少史密斯式的太空冒险小说。他对写作十分严肃,创造了一种更富思想性,更接近科学现实的科学幻想小说。坎贝尔的"军团"系列、"CT"系列和"类人者"系列具有魔幻的魅力,并侧重对人性的探索。他本人有着丰富的创作经验,知道读者的口味和创作的方向。他十分注重科幻小说的文学性,经常组织理论探讨。他倡导作家要跳出传统的太空冒险、机器人题材的圈子,将注意力转向科学文明可能给社会带来的负面影响,与此同时要改变重情节、轻人物的陋习,在小说风格与技巧方面精益求精。1938 年约翰·坎贝尔接管了《惊奇科幻小说》的编辑工作后,引进了许多后来改变美国科幻小说发展的作家,包括罗伯特·海因莱因、艾萨克·阿西莫夫、范·沃特和罗恩·哈伯德。由于坎贝尔坚持小说细节的科学准确性和技术对社会的影响,这种编辑政策导致一系列对想象未来文化的详细描写,如阿西莫夫的《基础》系列,这缩小了英美科幻小说的差别。爱德华·詹姆斯认为,到 20 世纪 40 年代,科幻小说在英美两国都建立了标准。因为坎贝尔支付的费用最高,他理所当然地能掌握最好的作家。雷伊·布拉德伯里、詹姆斯·布利什、莱斯特·戴尔·雷伊、弗德里克·波尔、达蒙·奈特、罗伯里·劳内斯和西奥多·斯特金都是他的固定作家。英国科幻小说作家约翰·温德姆、艾瑞克·弗兰克·罗素和阿瑟·克拉克都曾为《惊奇科幻小说》写作,致力于上述工作的还有一些女作家,包括凯瑟琳·麦克莱因、穆尔、波琳·阿斯威尔和威尔莫·施拉斯。施拉斯描写了关于基因突变的孩子的故事,把他们描写成需要照顾的个体,而不是通常主流科幻小说中描写的对社会的威胁。但不是所有女作家都参与到了对这一小说类型进行扩展的任务之中。例如,利·布莱凯特用极其男权中心的观点来赞美男主角的男子气概行为,以至于她常被当时的评论者称赞为可以和任何一个男作家相媲美。

坎贝尔主编《惊奇科幻小说》几十年,发现和培养了大批科幻作家。他们在心理学、哲学、政治等领域大胆探索,发表了不少优秀的科幻小说,从而又掀起了一轮创作高潮。坎贝尔派是根斯巴克派的继承和发展。相比之下,他们的题材范围更宽,主题更深刻,而且他们更重视小说技巧,讲究文学性。随着科学幻想小说的发展,有些杂志又开辟了科学幻想小说讨论专栏,全国各地科学幻想小说爱好者还组织了各种俱乐部,出版期刊,发表评论以及仿作的小说,这些都有力地促进了科学幻想小说创作的发展。到 20 世纪 30 年代至 50 年代,在美国,科学幻想小说已经形成了一个稳定的文学流派,出现了所谓科学幻想小说的“黄金时代”。这一时期,产生了一大批著名的科学幻想小说作家,例如克利福德·西马克、范·沃特、西奥多·斯特金、罗伯特·海因莱恩和伊萨克·阿西莫夫。这些科学幻想小说一扫某些作家为惊险而惊险、为神奇而神奇的陋习,显示出较为丰富的艺术内涵和较高的思想价值。

20 世纪 50 年代开始,这一类型出现了一个重要变化,即在 1952 年出现了第一本平装本科幻小说《艾斯》。美国的巴兰坦、印章和口袋出版社迅速地追赶了这一潮流;在英国,牧羊神和柯基出版社开始印刷平装本。虽然平装本在后来的科幻小说出版中占主导地位,但 20 世纪 50 年代科幻杂志的蓬勃发展,也产生了重要的影响。这些杂志介绍了更多的新一代科幻小说作家。萨缪尔·R.德拉尼、菲利普·狄克、约翰·布拉诺、菲利普·约瑟·法莫、弗兰克·赫伯特、布莱恩·爱迪斯、马里恩·齐默·布拉德利、小库特·冯内古特、罗伯特·西尔弗伯格、J.G.巴拉德以及哈兰·埃利森最初都出现在 20 世纪 50 年代的杂志上。英国发展了自己的杂志,以此与美国的流行杂志并驾齐驱,如苏格兰的《新世界》《真正的科幻小说》和《星云》,这些杂志发表约翰·温德姆、阿瑟·克拉克等人的作品。

　　20 世纪 50 年代女性科幻小说的显著特征是女主角是家庭主妇类型,她们在冒险中常常误入歧途,这强化了二战以后广泛流行的女性从工厂回到家里、主持家庭事务的范式。安·沃伦·格里弗斯、米尔德里德·克林格曼、玛格丽特·圣克莱尔、罗塞尔·乔治·布朗以及爱丽丝·埃丽诺·琼斯专门从事这种关于家庭主妇故事的写作。凯瑟琳·麦克莱恩、玛格丽特·圣克莱尔和泽纳·亨德森对女性科幻小说的发展起到了一定作用。尤其是亨德森创造了一个系列小说,其中的外星人与常见的眼球突出的怪物不同,友善而敏感。20 世纪 40 年代和 50 年代外星人已经成为亨德森作品中一个重要的比喻意义,象征了女性被战后强化了的父权制文化隔绝的地位,尽管这种象征仍是缄默的和隐含的。20 世纪 50 年代安德烈·诺顿开始为孩子创作大量科幻故事,并一直持续到 20 世纪 70 年代。总体上,20 世纪 40 年代和 50 年代的女性科幻小说与权威的男作家和主角保持认同,它们维护父权价值观,因此与同一时期言情小说的性别模式相一致。

　　瑙米·密契森改变了以上写作传统,于 1962 年在《女太空人回忆录》中创造了一个非常不同的女主角。《回忆录》主要讲述一个女生物学家在外层空间通过将其他生命形式移植到自己身体中来进行生殖实验的故事。女性力量、对生殖的探索、生育以及与外星人感应的性关系使这一文本与前一个时代的作品相比有了很大的飞跃,并对女性科幻小说作家起到了鼓舞作用。

　　受冷战影响,20 世纪 60 年代的西方经历了世界观的重大起伏。"黄金时代"经典式科学幻想小说渐渐脱离人们的现实思考。于是,一场科学幻想小说的"新浪潮"运动在英国发端了,其宗旨在于改变科学小说自 30 年代末以来的陈旧的写作手法。这场运动对"黄金时期"的科学小说创作风格与特色形成强有力的冲击,并在美国与英国均得到热烈的响应。

　　二战以后,科学技术的发展突飞猛进,在各个领域都有重大突破。计算机技术一日千里地向前发展,人类利用火箭在空间轨道飞行,并实现了远古以来登上月球的梦想。但高速的、失控的工业化同时也带来诸多问题,如人们思想情感机械化,自然环境恶化,以及高科技战争威胁人类生存等。从文化的角度来看,战后西方的生育高峰导致 60 年代青年人在总人口中的比例迅速上升。数以千万计的人需要有自己的文化世界。他们沉迷于甲壳虫乐队与摇滚乐队的歌曲,实行群居生活,服用毒品,希望过着随心所欲、放荡自在的生活。

60 年代社会发生了激烈的动荡。性解放、妇女运动、黑人民权运动、校园反叛运动与反战运动等社会思潮此起彼伏。剧变的社会改变了人们以往的思维方式与传统观念。在这样的社会与文化背景下,科学小说从题材到内容均发生了根本性的变化。作家们并没有像上一辈人那样,较多地在星际探险以及科技造福于人类这些题材上打转,而是关注科技发展给人类社会生活带来的负面效应。人类未来的生存环境,战争的威胁,不同利益集团间的倾轧,种族间的冲突,人性自由和心理健康等成为这一时期创作的主要题材。

1963 年麦克·穆考克成了英国《新世界》杂志的嘉宾编辑,并于 1964 年接管了编辑工作。穆考克和《新世界》开创了科幻小说的新篇章——"新浪潮"运动。"新浪潮"运动受"反文化"和嬉皮士毒品文化的影响,关注"内部空间"而不是"外部空间"。它本质上是一个英国现象,以麦克·穆考克、布赖恩·奥尔迪斯、J.G.巴拉德、兰登·琼斯、巴林顿·贝利、约翰·哈里森和大卫·马森为代表。"新浪潮"在美国的代表作家有哈里·哈里森、罗伯特·西尔弗伯格和波尔·安德森等。

"新浪潮"小说是更复杂和更具有自我觉醒性质的文学。它们探索了人类扭曲的精神状态,是表现个人性格的一个新的视角。它们大力描写人类的不幸、隔绝、失望、忍受和友爱,与主流文学进一步接近,批判和悲观色彩强烈,并开拓了宗教题材和性题材等。科学技术所带来的感官刺激,虽然迅速俘虏了读者的目光,稳固了科学幻想小说的群众基础,然而也引起了科幻创作界的反对。随着战争的结束,现实生活中代之而起的种族、环保、教育等问题,成为偏重科技成就的传统科幻小说内容上的缺陷;"黄金时代"热衷的科技题材,也在不断的复制重组中失去了新鲜感。"新浪潮"运动因之而起,部分科幻作家亟待摆脱传统科幻小说写作传统的限制,企图提升科幻小说的文学地位,于是不再把物理学一类的正统科学当作主要的内容,而是重视心理学、社会学、政治学甚至神学方面的表现;其写作手法极力接近正统的主流文学,努力学习吸取主流文学的写作技巧,并刻意回避传统科幻小说的科学描写,专注于科幻创作的文学技巧与对现实思索的追求。

这一时期更多女性开始创作科幻小说,包括希拉里·贝利、约瑟芬·萨克斯顿、卡罗尔·埃姆斯威勒、基特·瑞德、桑娅·多尔曼、帕梅拉·佐林和菲莉斯·戈特利布。帕梅拉·萨金特认为女性作家的增加,与把角色看作复杂的个体这一关注点有关。

20 世纪 60 年代晚期也出现了其他重要的女作家,其中很多后来成了科幻小说的先锋人物,如凯特·威廉、安妮·麦卡弗里、乔安娜·露丝和厄秀拉·勒瑰恩。麦卡弗里和威廉创作了更复杂和更引人注意的女性角色。在《歌唱的船》中麦卡弗里塑造的主要角色是一个女性受控机体。她破坏了父权制的二元对立,创造了人类"肌肉"和受控机体的"大脑",这些肌肉和大脑可以是任何一种性别。麦卡弗里于 1968 年开始创作取得了巨大成功的《龙的世界》系列,这一系列的第一部作品是《龙飞》。而露丝和勒瑰恩后来成为这一类型中最具创新能力的女性主义科幻小说作家和评论家。

20 世纪 60 年代不仅经历了科幻小说广度的扩展,而且出现了科幻小说平装本的繁荣。1965 年托尔金的平装一卷本《指环王》和弗兰克·赫伯特的《星际奇兵》取得了巨大成功,出版社因为科幻小说而获得了巨大收益。20 世纪 70 年代期间,科幻小说的形式从短篇故事转变为长篇小说,阿西莫夫、海因莱因等人的新小说都经常出现在畅销书单上。

20 世纪 70 年代科幻小说的主要发展受女性科幻小说的影响。20 世纪 70 年代期间,关于什么是"真实的"科幻小说的标志的争论导致"硬派"科幻小说的出现,它关注技术和硬件,而"软派"科幻小说关注心理学、社会学和女性主义批判。一些作家和编辑开始认为它根本就不是"科幻"小说,并把"SF"作为"speculative fiction"(猜测小说)或"speculative fabulation"(推测寓言)的标记。他们认为这个词更适合他们创作的小说。正如 20 世纪 70 年代期间"犯罪小说"成为扩展的"侦探小说"的更合适的名字一样,"SF"成了科幻小说类型所接受的名字,这意味着这一类型主导意识形态发生了变化。

但是到了 20 世纪 70 年代后期,"新浪潮"运动已成为强弩之末,失去了先锋性和冲击力,由于其过分忽视科技内涵,使得它有丧失科幻小说自身特点之虞。于是,一场以回归传统为表面现象的新的变革发生了,这就是"赛伯朋克"(Cyberpunk)运动。cyber 是"控制论"一词的前缀,punk 意思是"反文化人士"。"赛伯朋克"运动的两个主要代表人物是美国科幻作家威廉·吉布森和布鲁斯·斯特林,这个词通常指的是超越传统的新时代电脑工程师。

　　20 世纪 80 年代期间,计算机科幻小说作为新的次类型出现,这源于计算机技术革命的推进。20 世纪 60 年代晚期和 20 世纪 70 年代早期,微处理器的销售导致网络空间和因特网软件网络的出现。计算机科幻小说的主题是推测因特网出现的可能性。1973 年布鲁斯·贝思克的短篇故事《赛伯朋客》(*Cyberpunk*)发表在《惊奇故事》上。1984 年威廉·吉普森的《神经漫游者》讲述了计算机黑客在网络空间中的工作,借鉴了"冷硬派"侦探小说言简意赅的风格,是这一类型的代表作品。计算机科幻小说作家包括约翰·雪莉、刘易斯·塞纳、鲁迪·拉克尔、麦克·莱德劳、理查德·卡德雷和帕特·卡蒂根。

　　"赛伯朋克"运动是因对"新浪潮"的不满而引发的。"新浪潮"过分地向主流文学靠拢,引起其他科幻作家激烈的抨击。一方面科幻作家从"新浪潮"的教训中,更深刻地认识到了科学幻想小说的科学特质,积极开发现代的科技题材,使科幻创作又重归科技的描写;另一方面也认识到传统科学幻想小说文艺性与时代性的不足,因此致力于兼顾科学幻想小说的文学与思想机制。这类作品在信息爆炸的科技背景下,对人类生活的文化价值进行了嘲弄和反讽。"赛伯朋克"运动很快传播到其他国家,而且超越科学幻想小说的领域,成为一种普遍的亚文化现象。

　　科幻小说已经成为包罗一系列叙述方式和意识形态和小说类型,其主题日益丰富,包括热爱外部空间的"硬派"科技,对其他世界、分裂的自我和性别的关注,以及对当代文化和技术的发展进行颠覆性的批判。

第二节　女性主义对科幻小说的批判与影响

1971 年,女性主义理论家舒拉米斯·费尔斯通发表了《性别辩证法:女性主义革命案例分析》一书。她认为应该重新评价某些社会机制,特别是婚姻和抚养孩子的问题。她强烈谴责把妻子当作奴隶似的劳动力的做法,以及把怀孕看作是不雅的观点,并要求重新思考技术问题。她指出科幻小说和科学发现之间的辩证关系,宣称"乌托邦女性主义文学还没有出现",并暗示这导致了对其他家庭模式构想的失败。费尔斯通的争论说明了 20 世纪 70 年代夏洛特·珀金斯·吉尔曼和布拉德利·莱恩所创作的乌托邦小说的不完善之处,对当时的作家产生了很大的影响。莎拉·勒法努认为:"许多作家对舒拉米斯·费尔斯通的挑战做出了回应,并在 20世纪 70 年代确实创造了一种乌托邦女性主义文学。"

乔安娜·露丝到 1970 年已经发表了两部科幻小说,她于 1971 年开始在《科幻小说中的女性形象》中开始批评这一类型。她认为科幻小说没能把性别角色放置于它的推测领域中。科幻小说中缺乏对性别差异、家庭结构或性的探索。这一类型中先进的一派把理想的家庭准则移植到未来,而低级杂志持有一种倒退的观点,认为女人是有英雄气概的男人的奖赏品。虽然女性写作的科幻小说试图创造更积极、平等的女性角色,但她们还是没能创造家庭和爱情的新图景。女作家们的创造难以脱离性别偏见范式,因此虽然在科幻小说里有很多女性形象,但"很难找到真正的女人"。

第二年,苏珊·科普曼·考尼伦在《小说中的女性形象:女性主义视角》中重印了这篇文章,同时还有露丝的《女主角能干什么?》或者《为什么女性不能写作?》。露丝在后一篇文章中继续她的争论,认为男权制范式阻碍了女性在主流文学中作为个体的构建。她提出要创作没有男权中心情节的小说、超自然小说和科幻小说,像侦探小说那样关注难题本身而不是去关注男主角。科幻小说现在作为一种人类集体的叙述方式,应更积极地关注精神和认识方面,而不是社会角色,因此它为女作家提供了创作的可能性。

1972 年 12 月,贝弗莉·弗兰德的《处女地:女性在科幻小说领域的联系和界限》发表在《外推》上。和露丝一样,她认为这一类型中的女性角色在"机械科幻小说"中一直被看作是家庭机器,在"冒险科幻小说"中被看作是消极的客体,只有在"社会科幻小说"中才有对女性特质进行质问的尝试,例如斯德根的《金星多格式矩阵》和勒瑰恩的《黑暗的左手》尝试融合两性来创造雌雄同体的世界。

1974 年帕梅拉·萨金特发表了她的第一本选集《科幻小说女作家:女性创作的关于自身的科幻故事》,1976 年又发表了《更多奇迹般的女人》。这两本选集都介绍了这一类型中的女性作品。她呼吁 20 世纪女性在这一类型里应该有自己的写作传统,并通过介绍 20 世纪 60 年代和 70 年代作家的作品来展示女性科幻小说作家被遗忘的历史。本书的最后一卷,《科幻小说新女性》于 1979 年发表。

1975 年和 1976 年,厄秀拉·勒瑰恩发表了两篇著名的评论文章。第一篇,也就是非常重要的《美国科幻小说及其他》,发表在《科幻小说研究》上,那一期是她的作品的专刊。在这篇文章里,勒瑰恩批评了主流科幻小说的独裁主义和权力崇拜,认为它是由富有、野心勃勃的男性统治的"气球文化"。她相信女性运动已经改变了读者对科幻小说中男性精英主义的看法,并进一步分析了阶级和种族问题。如果人们把不同的文化看作是"他者",这就会使它们客体化,意味着只有一种权力关系能够存在。她总结认为科幻小说需要开始重新思考平等而不是压迫的模式,特别是与女性有关的问题。

1976 年勒瑰恩的文章《性别是必要的吗?》出现在由旺达·麦因泰尔和苏珊·安德森编辑的女性主义科幻小说选集《奥罗拉:平等之外》中。勒瑰恩在为她的小说《黑暗的左手》辩护时认为,虽然她自己是一个女性主义者,而且这本书是关于如果性别从社会中被取消将发生什么情况的思想实验,但它仍不应该被看作是一本女性主义著作。她反驳对两性共享代词"他(he)"的批评,宣称自己必须使用这种规定的语言,而不是重新创造它。勒瑰恩后来对这篇文章进行反思,发表了《莱杜克斯》一文,承认自己早期对代词的运用是一种缺乏想象力的表现。

卡萝·皮尔森的文章《女性幻想小说及女性主义乌托邦小说》分析比较了布拉德利·莱恩和吉尔曼的女性乌托邦小说。她认为她们在看待合作、非暴力和非等级的社会等方面有相似之处。早期作品感伤地看待母亲身份,而后期作品则删除了这部分内容,因为这标志着作者拒绝核心家庭模式。她们的作品利用直觉的和移情的知识以及对自然的亲近,创造了一个被皮尔森称为是超越女性经历限制的社会。

1978 年,帕梅拉·安纳斯在《新世界,新同语:女性主义科幻小说中的两性化》中认为,科幻小说确实有革命的潜能,因为它的前提是讨论事物的本质。科幻小说所设想的其他社会模式,能够辩证地反对既定的现实,以此来创造一种非种族优越感的文学。

1979 年,雷切尔·布劳·杜普莱西关于女性猜测小说的文章《女性主义寓言》也阐述了科幻小说的叙述潜能。科幻小说这一写作形式拒绝疏远读者的说教性的结尾。进一步讲,它关注集体和群体,而不是个人主角。从吉尔曼的《她乡》到后来的《女身男人》和《时间边缘上的女人》,女性已经看到了缄默群体的价值,以及体制如何主导着社会,其关注点是意识形态,并且女性作家也因此成功地与传统写作准则决裂。

到 20 世纪 70 年代末期,女性主义批评已经从最初对主流科幻小说的性别主义的批评,发展为重新发现女性在这一类型的历史中的地位,并欢迎 70 年代出现的女性主义挪用,同时意识到科幻小说具有颠覆性的潜能,以及在描述话语方面展望女性发展经历的能力。

1980 年 3 月,《科幻小说研究》为女性出了一本专刊。这既标志着主流批评的变化,同时也是乔安娜·露丝努力推动的结果。这一评论表现出了对以往的女性主义批评的不满,认为很多批评文章得以发表的原因,是因为它们的观点吸引眼球,而不是因为探讨的话题与女性有关。乔安娜·露丝在《科幻小说中的性别战争》一文中认为,尽管许多 20 世纪早期和当代的科幻小说都不讨论女性,但后期作品中因为男性变得更具防御性,而允许对女性有更多的暴力。当代女性主义乌托邦作品把男性至高无上的权力作为这些问题的原因,而这些以男权为中心的暴露性书籍认为拥有男性生殖器是胜利的保障。苏珊·格巴的《穆尔与女性科幻小说规则》认为穆尔所创造的吸血鬼形象,唤起了文化中将女性欲望看作是怪物和异类的厌女症观点。科幻小说让穆尔把男人和女人之间存在的分歧戏剧化了。其他评论家讨论了齐默·布拉德利和勒瑰恩的作品,并把勒瑰恩和皮尔西等人的作品进行比较。珍·普法尔泽则开始讨论 19 世纪美国的反乌托邦作品。

1981 年,马琳·巴尔的重要文集《未来女性:批判性选集》称赞了近期女性主义科幻小说的发展和影响。巴尔在前言中认为,目前科幻小说女性作家应该被给予批评的空间,也应该开始思考女性的未来角色。艾瑞克·拉布金、罗伯特·斯凯克雷、斯科特·桑德斯和安妮·哈德森·琼斯都认为男性作家是沙文主义者,但承认一些近期作品,如潘新的作品正在开始发生变化。皮尔森的《回家:四本女性主义乌托邦小说及父权制经历》唤醒了更多读者对 19 世纪乌托邦作品的意识。乔安娜·露丝的《近期女性主义乌托邦小说》选择更公开的政治乌托邦作品来进行分析,认为维蒂格、勒瑰恩、布拉德利、皮尔西、吉尔哈特和谢尔登的作品表明了过去 10 年女性主义乌托邦作品的繁荣。所有这些作家虚构的社会,都是属于共有型的或者半部落型的,没有全面和完善的政府结构。它们是生态的、无阶级的和性开放的(为了把性与所有权关系和生殖分离)。大多数社区是由分离主义者和彻底的女同性恋组成。这些虚构的社会是对当代社会对女性的压力的反映,凸显了被孤立和隔绝的女性读者生活中缺少的东西。苏济·麦基·查纳斯的文章《一个女人出现了》承认罗宾·摩根和舒拉米斯·费尔斯通的女性主义理论影响了她的《走到世界尽头》和《母系》(*Motherlines*)。她后来的文章对个体作者的作品进行了讨论,如勒瑰恩和皮尔西。

1982 年,纳塔利·罗辛斯基发表专著《女性主义的未来:当代女性推测小说》(*Feminist Futures:Contemporary Women's Speculative*),详细讨论了一系列女性主义"社会科幻小说",认为虽然这些文本关注相似的题材和主题,但它们对待主题的方式有着显著的不同,这取决于作者具体的女性主义立场。这本书指出女性主义到现在为止包含了很多不同的立场,例如女性中心的本质主义,兼有两性的女性主义,或"文化"女性主义,许多文本带有明显的美国女性主义立场。猜测小说为女性主义理论和实践的融合提供了一个新的空间,这个空间存在于读者、作家和出版社的互动之中。在女性主义科幻小说批评历史中,罗辛斯基是最早把读者期待看作是有价值的因素的女性主义评论家之一。

接下来的一年,马琳·巴尔和尼古拉斯·史密斯编辑了一本文章选集《女性与乌托邦:批判阐释》。

在本书中,莱曼·萨金特认为女性主义乌托邦作品是使得妇女愿望得到满足的途径之一;达芬妮·帕泰认为女性主义自身就是一个最乌托邦的工程;而巴尔自己对查纳斯的看法深受查纳斯早期选集中的文章的影响。

1984 年,卡罗尔·法利·凯斯勒在选集《大胆梦想:1836—1919 年的女性乌托邦故事》的序言中,对 20 世纪初和 20 世纪 70 年代的女性主义科幻小说进行比较,认为它们的相似之处在于寻求社会平等中的精神层面,并关注家庭内务劳动。在早期乌托邦作品中,合作和公有制社会解决劳动问题的办法甚至比选举权更重要。

唐娜·哈拉维的《关于受控机体的直言:20 世纪 80 年代的科学、技术及社会女性主义》于 1985 年发表在《社会主义评论》上,并产生了很大的影响。她提出了一种通向未来的新途径,认为受控机体在它的创造过程中没有统一或原始的虚构源本,是一种特别和女性主义有关的新形式。受控机体的本质提出身份、界限、语言等问题,这些都是女性主义讨论的核心问题。哈拉维将受控机体与西方被压迫的有色人种女性相联系,认为受控机体象征着一种通向新形式的政治的方法,是一种重新书写她们自己身体和社会角色的边缘政治。哈拉维的文章为不少女性主义科幻小说作家——如露丝、提波德雷、麦因泰尔等人——带来了很多启示,重要的是她们继而影响了 20 世纪 90 年代的科幻小说作家和科幻小说评论家,使她们能够用更有力的方法论来检验女性主义科幻小说对"他者性"的运用。

汤姆·莫伊兰的《对不可能的事情的要求:科幻小说及乌托邦那个想象》挑选出 4 个文本进行马克思主义,这些文本出自露丝、勒瑰恩、皮尔西和德拉尼。莫伊兰把这些文本定义为"批判性的乌托邦作品",认为它们具有颠覆主导型意识形态的能力。作为一种反文化实践,他把这些作品放在 20 世纪 60 年代和 70 年代的反文化背景下,认为这些激进的作家挑战乌托邦小说类型系统化和整体化的趋势,为想象中的不同的、解放的社会带来了新的开端和自我反省。

和莫伊兰对意识形态的详细分析相反,西尔玛·斯林的《女性的世界:女性幻想文学中的神秘和神秘的制造》持有非常不同的观点。斯林在讨论乌托邦作品时,着重分析了女性主义科幻小说,并借鉴弗莱的观点,认为科幻小说能够提供讲述被父权制文化埋葬的古代虚构故事的新方法,这些故事赞扬团体精神,提倡沟通和生态。这篇本质主义文章还提到莱辛、勒瑰恩、奥克塔维亚·巴特勒和皮尔西的作品,试图揭示关于地神或女神的古代虚构故事所具有的象征意义。

珍妮·沃尔马克的《科幻小说与女性主义》发表于 1986 年,作者经过深入思考,认为女性主义文学研究需要融合通俗类型,包括科幻小说,并应该把文化研究作为女性主义者的文化介入的一部分。受到文化研究的启发,沃尔马克讨论女性主义科幻小说作家是怎样在残留着性别主义的科幻小说类型写作规则中探索反父权制关系的。她认为女性主义科幻小说对科幻小说的利用是需要付出一定代价的,它所导致的叙述的含糊和混乱使得这一类型的概念面临压力,虽然其中的部分原因也是由于 20 世纪 70 年代总体的文化焦虑造成的。

20 世纪 80 年代末和 90 年代初,女性主义科幻小说批评文章的数量增加了。《女性研究》于 1987 年出版专刊《女性主义面对幻想》,并邀请了特约编辑马琳·巴尔和帕特里克·莫非。莫非在序言中批评女性主义评论家为了关注女性主义,而忽视了玛格丽特·阿特伍德和皮尔西等作家的作品中的想象性情节部分。如果她们关注这些想象部分,就会注意到女性一直用虚构情节来描写她们生活中遭到禁止的、受压迫的或保持沉默的方面,那么女性主义批评就会跟女性主义作家步调一致。安妮特·凯因豪斯特认为社区和集体社会是创造解放性社会的实质性尝试,但在设想如何对付那些反对社区价值的人和尝试塑造不具有压迫性的男性角色时,不少科幻作品是不成功的。尽管如此,女性主义乌托邦作品给读者带来的疏离使它们成为解放的变化的一个媒介。霍达·查基的文章认为分散的、无政府状态的乌托邦作品的自发创作不能起到对付异议的作用,并继续发展了这一论点,对乌托邦政治提出了相反的观点,认为它们既不进步也不具有颠覆性,而仍是资本主义的意识形态,传播了已有的保守观点并避开了所有重要的对立观点。

专刊中的三篇文章关注语言问题。安纳格列特·韦默对女性主义乌托邦作品中的语言进行了法国女性主义式的分析,要求建立"母系语言"。《母语》的作者苏瑟提·哈顿·埃尔金讨论了她创造的"Laadan 语法"是怎样受到拉康、戴利和丽诗的影响的。既然语言是一个无法表达女性观点的封闭的系统,因此她受到驱使去创造女性自己的语言,唯一对这一创造开放的类型就是科幻小说。克莉丝·克莱莫利认为大多数女性主义乌托邦作品失败之处在于没能创造一种新的语言来表达变化了的社会关系,并挑选出埃尔金的《母语》作为成功做到这一点的作品代表。总的来讲,这一专刊讨论了当代女性主义乌托邦作品的政治内涵和作品话语上的变化,这种变化反映了女性主义运动内部的紧张局势,后结构女性主义和激进女性主义都开始脱离自由女性主义的政治激进主张,转而关注语言。马琳·巴尔的文章认为女性主义乌托邦作品不是科幻小说,而是一种不同的类型,用罗伯斯·斯科尔斯的话来说,它们属于寓言。巴尔认为女性主义寓言不是用来指代一系列虚构作品的名词,而是科幻小说的另一种类别。

同年,马琳·巴尔的专著《与女性特质相反:推测小说与女性主义理论》指出女性主义理论家对这一小说类型缺少一种适当的批评体系。巴尔运用具体的女性主义理论来分析女性作家的具体文本,这些理论包括英美女性主义和法国女性主义理论、读者反应理论以及心理分析理论等。她认为她正在为提供这样一种适当的批评迈出"第一步"。这本书讨论了女性主义乌托邦作品中创造的与挪用这一类型高度相关的一些问题,例如分离主义社区,女性主义虚构故事中的女人形象,育儿问题以及虚构故事中通过机器人、外星人和受控机体表达不同形式的性的方式等。虽然本书探讨的问题可能不像前言宣称的那样具有创新性,但把女性主义方法论的问题引入对一系列女性主义科幻小说的分析之中,是一个非常重要的视角。当英国女性主义童话和言情小说的类型评论家开始接受文化研究对通俗文化的介入,并尝试在通俗文化领域进行女性主义挪用时,巴尔试图将女性主义科幻小说从科幻小说这一传统类型中分离开来,以便让女性主义科幻小说能够融入"严肃文学"的经典联盟之内。

接下来的一年,莎拉·勒法努发表了重要文章《在世界机器的缝隙:女性主义与科幻小说》,认为对于英国读者来说,女性主义对这一男权主义小说类型的挪用是成功的。勒法努把女性主义科幻小说作为科幻小说的不同分支,指出这一类型具有颠覆性和反对传统的历史,认为科幻小说一直是一种广阔的类型。这本书对女性主义对这一类型的介入进行了概括性的介绍,早期的作品简单地将角色安排为强壮的女人,后来则发展为更具有颠覆性的乌托邦作品和反乌托邦作品。反乌托邦作品挑战异性恋主义者的观点,而把女性的性自主放在重要位置。科幻言情小说通过创造爱情对象(如外星人、机器人或受控机体)进一步讨论了性自主的问题。勒法努在总结她对当代女性科幻小说的看法时,认为一些作家在寻求改变权威的立场,另一些作家则在寻找某种有效的情绪表达。最成功的女性主义科幻小说从更相对的、更反讽的角度去摧毁本质主义的观点。这些作家成功地对科幻小说进行了女性主义挪用。这本书的后半部分对 4 个作家进行了详细的分析,她们分别为提波德雷、勒瑰恩、查纳斯和露丝。

勒法努的著作是英国第一本关于女性主义科幻小说的专著。同时,勒法努与珍妮·沃尔马克和格威妮丝·琼斯一起,将女性主义的议题放在了英国科幻杂志《基础》的日程上。1988 年夏天,《基础》的"论坛"版面刊登了布莱恩·斯坦布福德的回应文章,因为读者认为他对阿特伍德的作品《一个女佣的故事》的评论是一种虚伪的控诉。斯坦布福德以《女性主义与科幻小说》为标题,认为女性主义者需要将男性读者加入她们的行列,这样才能超越分离主义者所制造的隔离区,并创造一个真正解放的蓝图。勒法努在回应文章中质问道,多年来女性在阅读科幻小说时不得不把她们的性别放在一边,为什么斯坦布福德在阅读女性乌托邦作品时,不能同样做到把他的性别放到一边呢?格威妮丝·琼斯、珍妮·沃尔马克和柯林·格林兰后来都讨论了斯坦布福德的"过时的"阅读立场。

在更具有学术性的美国科幻小说杂志《科幻小说研究》上,珍·普法尔泽讨论了女性主义话语理论和女性主义乌托邦作品的融合问题。《先锋派的变化:女性主义乌托邦》一文认为理论家和乌托邦作家都关心女性空间、差距以及在历史和话语中女性描写的断裂或缺失。普法尔泽将 19 世纪末的乌托邦作品和 20 世纪 70 年代的乌托邦作品与第一次和第二次女性主义浪潮联系起来,并援引埃莱娜·西苏的论点,认为对理想的想象是一直存在的主题。她用后结构主义观点看待错位、历史和先锋派的问题,认为乌托邦作品之所以激进,不在于它们想象的世界,而在于它们自由的叙述方法,这摧毁了男权制的决定论,并引发了反抗性的主体。

1989 年,萝丝·凯威尼在卡尔的《从我的主角到科幻小说》发表文章,讨论了女性主义科幻小说的激进影响,但更关注女性主义对这一类型本身的影响和反省。这一类型本身具有包含异议的传统,因此科幻小说读者更能接受不同的想象的世界。女性主义科幻小说挑战性别主义的类型假设,因此充当的是一个"破坏者"来开拓这一话语。凯威尼对女性从事这一类型的写作历史进行了简短而丰富的总结,她关注勒瑰恩和露丝,认为她们分别是"美国女性主义科幻小说的软派和硬派掌门人"。凯威尼认为,在妇女运动期间如此多的女作家转向科幻小说的原因,是在于这一类型的语言能够表达激进的和女性主义的观点。

英国文学界的批评涉及整个科幻小说的范围,而美国评论家则倾向于限制在乌托邦作品范围内。同年,弗兰西斯·巴特克斯基的《女性主义乌托邦》总结了过去 20 年的乌托邦作品,探讨女性在她们"还没实现"的社会中希望得到什么的问题。巴特克斯基紧密关注这一时期的女性主义争论和话语,指出女性主义乌托邦作品是社会批评而不是社会规划,更多的是讽刺性批评,而不是说教。她们对劳动分工、权力和话语加以关注,并要求重新定义社区、亲属关系、家庭以及肉体关系等的内涵。巴特克斯基总结认为女性主义乌托邦和反乌托邦作品展示了女性对改变的希望和恐惧,能够在激进主义的话语中表达社会变革。

接下来的两年美国陆续出版了不少乌托邦小说的评论专著,如利比·福尔克·琼斯和莎拉·韦伯斯特·戈德温编辑的选集《女性主义、乌托邦和叙述方法》以及安吉莉卡·巴莫尔的《部分视角:1970 年代的女性主义与乌托邦主义》。琼斯和韦伯斯特的选集纵观乌托邦小说的历史,赞扬了这种形式叙述的巧妙性。在文集中,艾伦·皮尔认为 20 世纪的女性乌托邦作品包含叙述能量,但这种能量又经常在乌托邦叙述所具有的怀疑主义中被消解。利比·福尔克·琼斯认为近期的女性主义乌托邦作品通过对读者身份进行虚构的方法来消除乌托邦作品、讽刺文学、寓言和科幻小说的界限,以此来创造女性经历的新模式。李·卡伦·卡娜把勒瑰恩和莫尔的乌托邦作品进行比较,认为后者具有毁灭的创造性。克里斯蒂·安德森对乌托邦作品的内容(而不是叙述方法)进行了回顾,更消极地认为女性主义科幻小说中所倡导的分离主义对欲望的描写,仅仅是一种不可信的思想实验。

珍·普法尔泽对整个选集进行总结时认为,在读者关于当代现实的观点深层重建过程中,女性主义乌托邦作品确实对历史进行了政治介入。

《女性主义·乌托邦和叙述方法》一书称赞了虚构的乌托邦作品的颠覆性,而安吉莉卡·巴莫尔的《部分视角》用虚构的描写来质问当代女性主义理论的颠覆性,讨论了妇女运动文学是怎样反映了 20 世纪 70 年代女性主义的乌托邦特征。巴莫尔将乌托邦作品分为三类:将乌托邦安排在现实之外的其他地方的作品、处于现实边界的作品以及摧毁并改革文化印记的作品。巴莫尔运用西苏的理论,认为女性主义乌托邦作品并非是不真实的,它表达了一种欲望和力量,这种欲望和力量推动并塑造着历史。

和这种美国视角相对比,安·克兰尼-弗兰西斯(Ann Cranny-Francis)在《女性主义小说:女性主义对类型小说的使用》(*Feminist Fiction: Feminist Uses of Generic Fiction*,1990)中的三个章节和露西·阿米特的修订版《没有人去过的地方:女性与科幻小说》(*Where No Man Has Gone Before: Women and Science Fiction*,1991)都在更广范围内对英美科幻小说进行了讨论。克兰尼-弗兰西斯在书中用超过一半的篇幅来讨论女性主义科幻小说、女性主义幻想小说和女性主义乌托邦小说,她认为这些是女性意识形态成功挪用的类型。女性主义科幻小说对男权制准则的挑战是显而易见的,它与后现代主义一起形成了对现代主义的挑战。对疏离感的运用、对科学知识的讨论和对外星人的塑造,都是成功的女性主义科幻小说所利用的手段。女性主义幻想小说和乌托邦作品也创造了女性主义阅读立场,挑战了个人主义的主观性的话语,并凸显了使性别主义成为理所当然的那些社会制度。露西·阿米特的选集关注"他者"的比喻和这一类型的读者互动,并讨论了一些重要的作者,如穆尔、勒瑰恩和莱辛。阿米特在序言中认为,过去10年对女性科幻小说的兴趣有利于这一类型向普通读者开放并得到学术界承认。她的这一观点与进入科幻小说主流领域的女作家相一致,这些作家包括莱辛、阿特伍德、卡特和皮尔西。皮尔西宣称自己的《时间边缘上的女人》是未来几十年内这一类型的里程碑之一。珍妮·纽曼讨论女性对怪物的运用,而丽莎·塔特尔探讨了20世纪80年代的科幻小说中女性变成动物的主题,研究了当人类都是女性时对人类意味着什么。阿米特回顾了女性主义科幻小说试图挑战父权制语言结构的历史,运用西苏和克里斯蒂娃的理论分析莱辛和埃尔金是如何试图摧毁主导性语言和社会框架的。莎拉·勒法努的文章《性别、次原子粒子和社会学》探讨了对女性科幻小说将实现"软派"科幻小说的期待,并认为女性已经成功地拥抱了科学、机器和身体等科幻小说的"硬件"特征。虽然阿米特的选集不是针对这一类型的概述,但它展示了科幻小说的广度,她还指出对这一类型的批评应该包括科幻电影和青少年市场,以及作家本身。

1992 年至 1993 年,飞琳·巴尔继续尝试将女性主义科幻小说从科幻小说这一类型中分离出来。她在发表《女性主义虚构情节:太空/后现代小说》之后,又于1993 年发表《迷失在太空:探索女性主义科幻小说及其他》。在以"努那维持"("Having Nunavit")为标题的前言,巴尔认为在《女性主义虚构情节》中所探讨的"女性主义科幻小说"这个词已经过时,并试图把所有女性主义猜测小说都置于女性主义寓言的名下。她认为女性主义科幻小说之所以没有得到重视,正是因为它被看作是类型化的,因此她试图通过将它置于后现代小说的经典中,与它们共享许多特质,从而使其重新得到重视。

这个方法当然是使女性科幻小说受到认真对待的一种方式,但同时它存在着许多问题。女性类型小说应该被重新评价,但不是通过否认这一类型的价值来进入文学领域。文化研究已经在重新评价通俗作品的问题上指引了道路,女性主义的政治实践应该颠覆学术等级制度和区分,而巴尔的方法是一种将女性主义科幻小说纳入等级制度的守旧的想法。尽管如此,这本书对后现代主义小说和女性主义科幻小说中出现的相似事物(如飞行、天体和平等主义社会等)进行了实质性的比较。《迷失在太空》的一半是直接的科幻小说批评,而另一半将女性主义寓言作为一种批评话语而展开讨论。巴尔用女性主义寓言作为一个包括女性主义作家创作的科幻小说、幻想小说、乌托邦小说和主流文学作品的词语。她没有否认科幻小说是一种类型,而是把它作为许多次类型之一。她宣称这是一次批评父权制主导性叙述的阅读实践,但事实上她想做的是将女性主义寓言纳入主流叙述中。玛吉·皮尔西在前言中赞同巴尔将女性小说从被学术界忽视的状态中解救出来的尝试,但认为让女性科幻小说进入主流文学领域的方法是建立一个内涵更大更丰富的领域,而不是改变女性科幻小说本身的标签。

同年珍妮·沃尔马克的《外星人及其他:科幻小说、女性主义和后现代主义》对相同的问题进行了讨论,但她反对巴尔所持的观点,认为巴尔重新创造了保守的二元立场。沃尔马克分析了女性主义、科幻小说和后现代主义在主题和语言上的汇合,但她并没有试图将它们进行合并。沃尔马克分析女性主义科幻小说对外星人的运用,以此来讨论主观性、身份和差异性等问题。外星人的比喻使女性主义作家能够创造性别和身份的新的定义,这为扩展差异性提供了空间。沃尔马克对女性主义科幻小说如何用外星人来探索种族边缘化,如何颠覆男女二元对立的"本质和文化",以及如何重新定义自我界限等问题进行了讨论。女性主义者以计算机科幻小说中的受控机体为媒介,为自我和他人塑造新的主观性。对于沃尔马克来说,女性主义科幻小说的优点在于它对暂时性的强调,以及通过表现性别矛盾来推翻主导性的意识形态。这种颠覆性的潜能,在于它对界限的毁坏,而不是试图重新对女性进行描写。女性主义科幻小说和后现代主义小说都运用了这种方法。

20世纪90年代晚期科幻小说批评处于不是很活跃的状态。1994年,简·多娜沃斯和卡罗尔·考马丁编辑的《女性乌托邦和科幻小说》继续关注大西洋两岸的乌托邦小说。这两位编辑在序言中详细介绍了乌托邦小说从17世纪开始的历史,她们认为女作家开始运用"科学的"方法来写作乌托邦小说,是在美国1836年至1919年的女性乌托邦小说得以发展之后才开始的。一战以后,大多数女性主义乌托邦小说被当作科幻小说出版,而且女性传统一直得到发展。她们反对在世纪中叶出现这一小说创作断裂的说法,指出瑙米·密契森的作品就是女性传统不间断发展的证据。到20世纪60年代,这一传统和女性主义理论进行着持续的对话。20世纪70年代女性主义乌托邦小说蓬勃发展,促进了女性主义对很多西方文化的批评。皮尔西的《时间边缘上的女人》再一次被挑选出来作为"美国妇女运动的一本权威著作"。20世纪80年代的乌托邦小说家对女性主义塑造的乌托邦能否变得完美持怀疑态度,这一倾向在女同性恋和黑人作家的作品中尤其明显。她们总结认为,近期皮尔西、斯朗斯基和巴特勒创作的乌托邦作品通过多样的表达创造了更为完整的乌托邦小说。这个选集包括一些作家的文章,如吉尔曼、密契森、巴特勒等。

露西·阿米特的《当代女性小说及幻想小说》继续把女性主义科幻小说和当代其他虚构的作品——如恐怖小说、童话和魔幻现文主义等——进行对比(这种对比开始于巴尔和沃尔马克)。阿米特在2000年提出的观点是,把虚构作品划分成不同的类型是"杀死文学"的做法,如果把关注点集中放到类型的认同上,会阻止文学批评像文学创作那样去不断进步。虽然她没有进一步反对"女性主义科幻小说"这个词的陈旧性,但她确实发现这种界定在她讨论科幻小说中出现的一些新现象时是一种限制。阿米特对类型术语的反对,反映了20世纪末期的文学批评对女性主义科幻小说作为一种类型种类的不适应。当侦探小说和言情小说批评已经融入通俗类型,以此来丰富对文本的争论和评价时,女性主义科幻小说似乎为了勉强进入主流领域而拒绝作为一种类型。这种防御性的、守旧的策略与科幻小说激动人心的、颠覆性的本质相对立,并在很大程度上与对小说进行精确有益的批评相对立。

总的来讲,女性主义科幻小说批评没有侦探或言情小说批评那样具有争议性。许多批评文章对具体的女性主义作者和一些与话语权、受控机体、外星人有关的作品进行了非常好的分析。乔安娜·露丝的《天堂上的野餐》通常被认为是第一部女性主义科幻小说,它塑造了一个强大的女性角色。第二年厄秀拉·勒瑰恩发表了《黑暗的左手》,探索了性别缺失的世界,在那里任何人都可以随意选择成为男性或女性。1969年,安吉拉·卡特的《主角和罪人》探索了在世界末日来临之后的世界里一个年轻女孩的成熟过程。

1970年,舒拉米斯·费尔斯通发表了她对女性主义乌托邦文学小说的看法,对此很多作家以具有女性主义阅读立场的小说文本对她进行了回应。在莫妮克·维蒂格的《游击队员》中,游击队员与男人和父权制话语进行斗争。詹姆斯·提波德雷在其具有颠覆性的作品《男人看不见的女人》中,描述女人如何不堪忍受在男权中心的文化中受到隔离,从而想与外星人一起生活的经历。厄秀拉·勒瑰恩的《被剥夺的人》讨论一个由女性主义原则统治的世界将会怎样。而苏济·查纳斯的《走向世界尽头》(1974),乔安娜·露丝的《女身男人》(1975)倡导分离主义的女性世界。玛吉·皮尔西的《时间边缘上的女人》(1976)可能是最接近费尔斯通的回答,她描述了一个两性和谐的世界,在那里人的价值并不取决于性别、阶层或种族。

在20世纪70年代末和80年代早期,许多女性科幻小说深入阐述和探索了女性主义各个方面的问题。安吉拉·卡特的《新夏娃的激情》推翻了围绕女性特质的神秘性,并把所谓的女性特质看成是一种伪装的表现。

相反,旺达·麦金泰尔的《流亡者的等待》和萨利·吉尔哈特的《奇境:山上女人的故事》强化了这种神秘性,使得男性特质和技术融合,而女性特质与自然融合。1979年,多丽丝·莱辛开始创作了她的科幻系列小说《阿哥斯的坎努帕斯》,其中

第一部作品是《希卡斯塔》。接下来的《三个地区的婚姻》和苏瑟提·哈顿·埃尔金的《母语》(1984)一样探索语言内部的权力结构。

20 世纪 80 年代中期,英国的格威妮丝·琼斯开始创作《神圣的忍耐》,玛格丽特·阿特伍德开始创作《一个女佣的故事》(1985)。而非裔美国作家奥克塔维亚·巴特勒的写作生涯开始于 1976 年的《派特马斯特》,她在《家族》中探索了种族和压迫问题。1991 年,玛吉·皮尔西在美国发表《他、她和它》,探讨了和受控机体有关的身份和自主的问题。女性主义内部对一系列女性主义问题的争论和阐述,一直是女性主义科幻小说的一个令人振奋的方面。

20 世纪 90 年代晚期,女性主义科幻小说由于大量女性主义出版社的倒闭而受到重创。虽然女性主义科幻小说失去了像 20 世纪 80 年代晚期和 90 年代早期的繁荣,但科幻小说仍然层出不穷,拥有广大的读者,并继续发展成名目繁多的次类型。

第三节　案例分析

在女性主义探讨的问题中,性别差异和两性关系是核心话题。性别二元体系的划分是男女处于不对等关系的直接原因,迫使妇女形成依附于男性的弱势社会性别类型。如果要改变被传统性别偏见所统治的女性形象和女性现实生活,就需要重新认识并塑造社会性别角色,解构禁锢女性数百年的二元性别对立,大胆构想,还原女性被性别紧身衣所掩藏的人之本相,从新的角度来解读性别问题。女性主义乌托邦小说,就是探索新型两性关系的重要思想和文学阵地之一。

女性主义与乌托邦小说的内在关联,在于乌托邦精神是女性主义的根本精神。因为真正的两性平等在历史上还没有实现过,女性主义者便在理论上和作品中建构一个没有性别压迫的理想社会模型。女性主义乌托邦思想,不管是抽象的还是具体的,不管是文本的还是政治的,都代表了每个时代女性最深切的愿望,其基础都是对既定的两性秩序的批判和否定,对理想的两性关系和社会发展模式的肯定和追求。美国学者玛琳·巴尔在《妇女与乌托邦》中就曾明确指出:"乌托邦主义所倡导的重构人类文化正是女性主义写作的目标。"这种对现实的批判和对理想的追寻,也正是女性主义作家采取乌托邦小说这一文学形式最基本的原因。而另一个重要原因,则是乌托邦小说作为一种通俗小说类型,经过长期的发展,已经拥有了广大的读者群和市场,借用这种小说形式,能够有效地宣扬女性主义思想,使得那些读者原先并不了解的女性主义主张,通过乌托邦小说这种读者喜爱并熟悉的形式传播开来。因此,乌托邦小说是非常适合女性主义的一种政治策略。

20世纪70年代中后期开始,美国女性主义运动掀起了第二次浪潮,女性主义乌托邦小说也达到了前所未有的兴盛期,其中最有影响力的有厄秀拉·勒瑰恩的《黑暗的左手》(1969),乔安娜·露丝的《女身男人》,玛吉·皮尔西的《时间边缘上的女人》,萨莉·吉尔哈特的《奇境》等。这一时期的女性主义乌托邦小说,与早期的同类小说相比,在思想深度和广度上,都有了很大的飞跃。从19世纪晚期持续到 20 世纪 20 年代的女性主义运动第一次浪潮的核心,是女性要求与男性平等的选举权、受教育权和财产权,而第二次浪潮则冲击了女性生活的更多层面,女性的生育、性、子女抚养、家庭角色分工和家庭暴力等新私人生活方面的问题都被纳入了女性主义讨论的议程,其探讨的主题包括重塑历史,尊重人类生活及其尊严,否定特权等级观念,珍视女性视野和女性经验等。因此,研究女性主义第二次浪潮中的女性主义乌托邦小说,特别是这些小说中的性别建构,能够比较全面地反映女性主义的理论和主张,并深入地理解女性主义乌托邦小说的时代意义。

那么,在女性主义乌托邦小说所塑造的理想两性关系的蓝图里,性别的枷锁应该如何拆卸下来,新型的性别模式如何实现女性的价值和尊严?男性和女性之间的关系有什么变化?纵观女性主义乌托邦作品对两性关系的探讨模式,尽管其具体内容千差万别,但归纳起来大致有以下 3 种:(1)纯粹由女性构成的女儿国;(2)由雌雄同体者构成的社会;(3)男女两性的角色分工近乎平衡的超性别社会。这 3 种模式在上述 4 部小说中有突出的表现。本文以这 4 部小说为例,分析女性主义乌托邦小说中的性别模式所蕴含的女性主义思想及其哲学基础,阐述其进步意义和局限之处,并探讨女性主义乌托邦小说具有的重要社会意义和文学意义。

一、桃花源里的女儿国——性别的对抗

不少女性主义乌托邦小说家把男女两性看成是不可调和的对立双方,她们具有分离主义的思想,排斥男性社会和文化,认为女性特质才是人类行为的最佳价值。在她们的小说中,男性是嗜权、专制、暴力的恶薮,并将不可避免地走向自我毁灭。在对男性本质和男权社会进行无情的讽刺和鞭笞之后,她们往往通过战争或者灾难等情节,让男性彻底消失,进而描绘出纯粹由女性组成的桃花源般的理想社会。乔安娜·露丝的小说《女身男人》和萨莉·古尔哈特的《奇境》就反映了这样的社会模式。

露丝是美国 20 世纪 70 年代重要的女性主义乌托邦小说家,其代表作是《女身男人》。在小说中,女性长期以来在家庭生活和劳动市场中遭受男性的歧视和压迫,生活在水深火热之中。残酷的现实使女人们意识到,只要有男性的存在,女性就无法实现真正的平等和尊严。为了实现她们心目中的理想乌托邦社会,女人们

团结起来,与男人进行了艰苦卓绝的战争。

在战争期间,有少数女性被容许从事生育后代的工作,生下来的男婴就以黑市价格卖给男人。与此同时,她们逐渐研究开发了单性繁殖技术,使得女性最终能够完全脱离对男人的依附,并断绝与男人的任何联系,从而促成男性的灭绝。

吉尔哈特的《奇境》同样塑造了一个与男性完全隔绝的女儿国。居住在山坡上的"山上女人"远离男性社会的纷扰,过着自给自足的幸福生活,并积极帮助城市里的女人们逃离"城市男人"的压迫。在她们眼中,男人野蛮粗暴,把女人当成泄欲对象和生育机器,毫不在乎女性的尊严、权利和情感。她们对"城市男人"深恶痛绝,也完全排斥希望与她们结成联盟的同性恋"温士"。当"温士"们在生命奄奄一息之际向她们求助时,她们拒绝伸出援手,认为这些"温士"必须自己去理解、寻找并建立与母性、生命之源和生育能力之间的和谐关系。

在这类小说中,女性主义运动中的分离主义倾向表现得十分明显。女性分离主义的代表人物简·亚当斯声称,女性比男性高明,如果社会建立在女性的价值之上,将会变得更具生产力,更加和平和公正。而克里斯塔蓓·庞克斯特更是直接发出"女人的利益在于反对异性恋"的口号。从上述小说可以看到,女性的独立和价值,首先是通过灭绝男性或者远离男性,进而依靠女性独立繁殖而实现的。在吉尔哈特笔下,"城市男人"是嗜战的沙文主义者,而希望加入"山上女人"的那些同性恋"温士"则是软弱无能之辈。而在露丝笔下,男人暴虐成性,是各种社会罪恶的根源,受尽欺压的女性不得不与男人进行生死存亡的战斗,从而获得女性独立生存和发展的领地,建立一个趋仁乐善、和谐平等的社会。

随着现代科学技术的发展,女性乌托邦小说中所提到的利用染色体控制技术或者克隆技术实现单性繁殖的设想在生物学上已经大有实现的可能,但是,这种单性别的社会模式在伦理和实践上受到不少质疑。首当其冲的问题是:实现女性价值是否一定要以男性的灭绝为前提? 从社会学的角度来看,受压迫的弱势群体往往通过排斥强势群体,建立一个属于自己的物质或者精神领地。女性主义乌托邦小说家对男性的排斥是女性作为弱势群体对受压迫状态的本能反应;同时,她们将男性塑造成女性天敌的目的,是为了强调女性可以完全脱离对男性的依附,从而打破男性气质与理性、普适性的联系,瓦解男性文化,发出女性的声音。但是,此类小说中对男性的模式化描写,让那些对女性主义思想抱以同情和理解的读者也感到过于偏激,难以让人信服。因为在这种小说文本中,女性的自我想象,以及对敌对目标的设定更多是建立在情绪之上的,更多是缘于女性的自我投射,最终与男性文学一样只具有单性的文化性质。由于缺乏中立的观测点,其批评的客观性和说服力必然大打折扣——这可以理解为批评方法、策略的欠缺,也可视为内在的理性根据的缺乏。

而另外一个重要的质疑是,"她们未能对理想女性社会的政治管理和社会机制进行合理的规划,也未能提供合理的社会权利分配方式和社会冲突解决途径"。女儿国内的女性首领一般由大家公认的品行突出者担任,食物、消费和服务都按照公平原则生产、分配,重大决策都必须在群体内通过漫长而周密的讨论才能做出。女性之间一旦发生冲突,往往由社区或者群体施加压力,让矛盾双方互相体谅做出让步,在少数极端的情况下,将矛盾一方成员驱逐或者派送到另一个社区。这种农业经济模式下的小型部落式民主管理原则类似古希腊的城邦或者新英格兰的市镇会议,能够保证每个成员民主决策。但是这种模式显然无法适应人口更稠密、经济更复杂、技术更发达的现代工业社会,而让整个社会重新退回到工业社会以前的农业经济时代,其可能性是微乎其微的。

情绪化的想象并不能代替哲学思考,尽管这类小说也具有一定哲学的感性描述,但其典型性格就是强调女性性别的立场,因此,对男性的挑战和紧张是最重要的策略,即强调一种对抗的立场和姿态,而非理性和建构的立场和姿态。在这种强烈的对抗语境中,被压迫的话语方式往往决定了话语的哲学性格、认识水平和思考品质。作为主动影响现实的文学,必须是思想的革命,而不仅仅是现实情景的被动反映或情绪化的感性宣泄。只有当文学摆脱了被动和压迫感(不管是事实的还是想象的),进而主动进入文化的现场,参与并干预现实,才可能客观地剖析和批判现实,进而有效地预测新的历史可能性。由此可见,女性乌托邦小说所构建的女性单性别社会模式,更多的是一种情绪化甚至是感性的文化理想,它与建立在现实求证基础上的思想改革还存在着巨大的差距。

二、雌雄同体的复合人格——性别的解构

厄秀拉·勒瑰恩的《黑暗的左手》是一部渗透着浓郁的女性主义颠覆思想的乌托邦小说,被评论家喻为在雌雄同体的世界里寻找性别平等的乌托邦之作。与希望消灭男性而实现女性自治的乌托邦小说家相比,她反对的不是性别差异,而是男权社会强加于女性的性别特征。通过建立超越性别对立的雌雄同体模式,作者意在指出,男女没有本质差别,两者对于人类的生存都具有同等重要的意义。

我们可以在同时代的哲学思潮中看到这种乌托邦的影子,而德里达的理论无疑是最具有典型性的。他寻求的"非两分的、非对立的性别",为女性主义问题开辟了一个全新的哲学思维方向——一个由逻辑学引发的价值体系的重构。在这种理论系统中,"非认同的性别特征表现在那些由不同设计所承载的、划分和多重化的每一个个人的身体上面"。这种哲学思维通过理论假设构造了现实文化结构之外的一种理想的性别世界,成为德里达思想中对女性主义最有价值的论述,也成为女性主义乌托邦小说的重要哲学基础。德里达的全部智慧在于:只有当对应的性格被社会规则"强调"出来,性格的判断才可能成为显性的分割和界限。如果这种"强调"本身是错误或隐藏着错误的,那么,性别的历史经验将被全盘推翻。这是一种大胆甚至是颠覆性的逻辑假设,至于这种"强调"何以是错误的或者隐藏着何种错误,德里达并未给出令人满意的论证。

如果说德里达的理论存在某种假想的特质,有论而无证,那么朱迪斯·巴特勒的理论在逻辑论证上建构得更加深入完整。在《性别麻烦》《重要的身体》等书中,她对性别问题进行了历史文化的归因,并试图找到消解这种"性别的虚构"的逻辑通道。巴特勒认为性别是社会行为和话语的沉积物,性别认同的意识是对我们的文化中社会性别的规则和风俗的引用而产生和再生产出来的,是"一种对接受下来的性别规范的表演和再表演模式"。因此,生理性别并不先于社会性别,而是受制于实践和话语限制的结果。

这种思想无疑是让女性主义作家兴奋的。因为这种通过对性格的哲学分析而引发的历史思考本身就具有强烈的开放性的思辨意味,它对那些难以利用男性文化结构进行分析和探索的性别问题提供了一种新的思路。这种思维,突破了女性

61

的单向自我投射,以及女性与男性的紧张和对立,是对传统性别观念的解构,使得女性主义问题可能找到一种独立自主的、内在平衡的建构途径。在这种哲学参照之下,性别被作为男权中心文化的一种类型化的身份意识,仅仅是后天文化所形成的规则系统。由于男性和女性没有与生俱来、不可改变的社会性别特征,因此女性与男性的现实矛盾也可以放在交互和融合的语境中去解决。

女性主义乌托邦小说家在这种思想中找到了建构雌雄同体的复合人格的理论佐证,勒瑰恩的《黑暗的左手》即典型的一例。小说描写的是一个被称为"寒冬"的格辛行星,这里的居民在一生之中可以视时机而定适合的性别,在每个月固定的发情生殖周期内,他们会随机呈现男性或是女性的性征,并进行性与生殖方面的活动。在格辛星人眼中并无男女之别,评判一个人是基于人格,而非性别。对于格辛星上的人类生活,勒瑰恩这样描写道:"想想吧,在这里,人类不再被划分为强壮和软弱的,保护者和被保护者,主导者与服从者,主人与财产,主动与被动。事实上,一直占据着人类思想的二元论在格辛星上得到了弱化,或者改变。"

小说中最重要的人物是格辛星的首相伊斯特拉文,此人集男性强壮的体格和女性柔韧的体质于一身,机智稳重,具有突出的政治才能和博大的同情心。他象征着作为个体的人,有能力兼任传统的男性和女性职责,在养育后代、从事生产和参与政治方面享有平等的权利与义务。但是,勒瑰恩的小说结构和语言都出现了与此初衷背道而驰之处。首先,她采用真利·艾这个来自地球的访问者的视角,对格辛星人和伊斯特拉文首相进行观察和描述。艾无法摆脱地球人的惯性思维,在与首相交往的过程中不断地对格辛星人所具有的女性特质表现出反感,并发出种种疑问:"在这里,没有任何能称为战争的导火索。争吵、谋杀、世仇、侵略、仇杀、暗杀、折磨、憎恨,这些东西都存在于格辛星人的人性深处,但他们绝不诉诸武力,似乎缺乏准备行动的能力。在这方面,他们的行动就像动物,或者像女人。"尽管艾盲目的男性优越感与首相所具有的开明形成对比,但他频频发出的质疑,无疑强化了读者用传统偏见去审视女性的倾向。此外,勒瑰恩仍然选用男性代词 he 来指称她塑造的雌雄同体人。尽管她曾对此做出过解释,认为 he 这个代词本身就可以被看成是一个指代男女两性的代词,从而可以避免再去创造一个中性代词的尴尬,但事实上,更多的女性主义者认为在与性别有关的语言中,男性的角度总是被当作一般的角度,因此语言革命应该成为社会革命的先导。法国女性主义者、作家莫妮克·威蒂格曾经指出:"仅有经济变迁是不够的,必须制造关键概念的政治变迁。因为语言会极大地影响到社会机体,为它打上烙印,强烈地塑造它。"更为重要的是,勒瑰恩在小说中也未能充分赋予他被月于指称雌雄同体人时所具有的女性特征,从而导致读者仍然把伊斯特拉文看成是一个男性。她在后来的一次访谈中也承认,她的小说未能把雌雄同体人塑造得令人信服,如果有机会重写这部小说,她会更加充分地强调雌雄同体人身上的女性特征和能力。

三、两性共存的理想社会——性别的对话

与前两类女性乌托邦社会模式相比,在生物学上最可行,在道德层面上最理想的社会模式,是两性平等和谐共存的社会。玛吉·皮尔西的《时间边缘上的女人》就对这种乌托邦社会里的两性关系进行了深入的探讨。在这种社会模式中,男女两性的对立不复存在,等级观念也彻底消失,男性和女性共同承担包括生育在内的各种家庭和社会角色,女性与男性一样,充分实现了自我价值,得到了社会的尊重。

女性主义问题是一个具有历史延展性的文化命题,它作为一种文化观念,不是来自孤立、分割的女性内部,而是两性共同创造的结果,因此,还原这个共同创造的历史对于认识女性主义的历史维度至关重要。而要对女性主义进行有效的归纳,纵向的历史传统远比横向的异域经验更值得信赖。同时,与女性主义关系重大的主体建构问题往往不是存在于女性的性别范畴之内,而是隐藏在传统的男权制度的历史结构之中。作为男权意识和制度的牺牲品,女性曾经在这个权利系统中缺席了数千年。因此,要重塑女性主义的主体,并不能完全依赖于对女性的生理和社会性别的全面颠覆,更不能依赖于对历史的断然割裂,而是需要在两性共存的历史话语中全面讨论女性价值的实现和发展。这不仅是一个价值取向问题,更是一个思考方法和实现策略问题。

《时间边缘上的女人》展现了两性共建理想社会的蓝图。小说的女主人公科妮是个生活在纽约的奇卡诺人(墨西哥裔美国人),她深受男权制度和种族主义的压迫,在遭受多个男人的抛弃之后,被送进了疯人院。正当她痛苦绝望之际,一位来自未来世界的女人将她带到了时间已是 2137 年的一个叫作迈特坡伊塞特的地

方。在那里,性别、种族、年龄和阶级的范畴已经消失,人们的种族和性别可以自由选择。母性也不再是女人独有的价值和经历,婴儿可以在子宫外受孕和培育,男人在注入某种荷尔蒙之后也可以哺乳婴儿。由于人工生殖代替了自然生殖,女性得以彻底解放。男性和女性从事的工作都按照各自的喜好和才能分配,对服兵役、处理垃圾之类不太受欢迎的工作进行平等分配。为了体现男女两性的和谐,皮尔西特地安排男性作为艺术团体的领袖,女性作为科学团体的领袖。在迈特坡伊塞特,不存在婚姻制度,性关系是完全自由的。每个人可以同时或者先后选择多个性伴侣,建立长期和短期的关系。

皮尔西所建构的这个未来世界所具有的平等互助、亲如一家的群体精神与美国现实社会的个人主义、性别主义、种族主义和物质主义形成鲜明反差。它既保留了女性的性活力,又剔除了建立在性别差异上的劳动分工和政治活动上的性别偏见,实现了两性的对话。在小说的语言层面和社会学内容层面,都能看出皮尔西对这个乌托邦社会的精心建构。她用 per 这个词来指代所有人,同时注意保留人类在种族、民族、文化上的多样性。每个人都知道自己的基因谱系,并可以选择居住在保留自己民族文化特征的社区之中。作者通过来自未来世界的露西恩特阐释道:"早在 40 年前,我们就决定要培育高比例的深色人种,以达到整个人口的基因混合,打破生理与文化的传统联系,不给种族主义留下任何存在的机会。但同时,我们仍会保持文化的多样性,因为我们深知:只有差异才会使世界变得丰富多彩。"此外,在迈特坡伊塞特这个未来世界里,每个人的名字不是固定的和被强加的,而是可以在塑造自我完善自我的过程中随时改变的。取名方式的革新是消除统治、尊重个体的一种有效尝试。这种做法不仅保障了个体间的平等,也为人的发展提供了无限的空间。

皮尔西所设计的未来世界与前面所列的纯女性社会和雌雄同体社会相比,是女性乌托邦小说中最具有实践意义的模式,它注意对女性价值本身的挖掘和女性与诸多历史问题和现实问题的联系,也注重男女两性的互动,因此更具有实践性和开放性。但是,这个乌托邦社会依然建立在人口剧减和简捷民主管理的基础上,并没有提出一个更合理的大型社会管理模式。由于在科妮生活的时代和 2137 年之间发生了世界大战,导致世界人口剧减,因此,迈特坡伊塞特的人口很少,没有城市这样的建制单位,只能由一个个小型社区相互依托而形成自给自足的社会网络。人口数量由人工繁殖孵化器进行谨慎的控制,以保证每个居民都能获得充足的食物和居所。

在两性关系上,皮尔西注重挖掘和实现男女两性的个性和才能,尊重个体情感和价值,但她所设想的性自由模式,很难实现爱情所带来的归属感和满足感。皮尔西自己也承认,在这种自由的、多重的性关系中,肯定会出现妒忌、紧张的情绪和负面的影响。从历史上看,建立性自由社会模式的尝试并不成功。俄国十月革命时著名的女性主义者阿历桑达·科伦泰认为性的排他性阻碍了女性与更多社会成员之间的情感和社会交流,提倡"性爱应该成为人类扩大爱的能力的一部分"。十月革命胜利后,苏联就出现了以工人阶级和大学生为主体而倡导的性解放运动,不少革命组织尝试建立"共产共妻"的性自由模式,消灭私有制下的婚姻和家庭。但这种试验的后果被证明是灾难性的,混乱的性关系很难建立在平等自愿的基础上,更难以持久,反而成为性侵犯和道德沦丧的源头,导致了诸多严重的社会问题。

两性关系是评判人类文明程度的重要参数,两性关系的和谐代表着人类文明的完满。女性主义小说家借助乌托邦小说这一形式,营造着女性和人类的精神及生活家园,以这种奇特的方式来完成女性向男性话语霸权的挑战,但它的意义还不仅在于推翻男性专制和实现男女平等。女性主义乌托邦小说是女性主义直觉属性和文化意识最为敏感、活跃的脉动,它并非女性性别界限之内孤立、分割的文化表达,而是后现代社会学反权利、反中心、反家长制度的集体文化策略。正是女性主义小说本身对男权文化的批判和开放,使女性主义的文化包容量已经大大超越了性别文化的范畴,使其成为当代开放文化生态的重要推动力,更重要的是,由这种反对和开放的文化气质所序引的后现代思潮是早期女性主义者所无法想象的。因此,女性主义乌托邦小说家们在属于自己的特定时代背景中构建女性乌托邦社会,为女性主义乌托邦小说及其女性主义本身的发展注入了新的活力和时代意义。

同时,通过上文对三类性别模式的积极意义和局限之处的分析,我们也应该看到女性主义乌托邦小说中的思想存在不成熟之处。其实,乌托邦小说天生具有的空想性,使得它会不可避免地引发争议。恩格斯早在 1882 年的《社会主义:乌托邦与科学》一文中就指出社会问题并不能靠乌托邦小说所预定的实验来解决,并认为

"乌托邦所设想的理想社会模式的细节越多,其沦落为幻想的可能性就越大"。的确,社会改革方案的实现会受到诸多因素的制约,并需要在实践中不断地调整。恩格斯所评判的,正是乌托邦小说所设计的社会蓝图与作为具体的社会改革实施方案之间的差异性。但是,乌托邦小说更重要的功能,是在于它作为一种文本策略,在反对话语霸权、抒发政治主张方面的革命性和前瞻性。正如女性主义学者科拉妮·弗朗西斯所指出的那样:"如果仅仅把乌托邦小说看作社会蓝图,是对乌托邦小说的严重误读。"女性主义乌托邦小说所塑造的新型两性关系模式,意在揭示社会变革不仅是可能性,也是在逐步发生的。女性主义乌托邦小说对两性关系和人类终极命运的关怀,为当代社会的发展发出了警示,也做出了启示。同时,女性主义乌托邦小说以充沛的激情和大胆的构想所表现出的社会良知和个人责任,无疑是对当代文学中人文精神日益淡化、人文责任逐渐丧失的状况的反拨。在后现代文化语境下重新审视女性主义乌托邦小说,倡导文学的乌托邦精神,对文学本身的发展,无疑也具有深刻的意义。

第四章　女性主义言情小说

第一节　类型历史

  在英、美各种类型小说中,言情小说占有极重要的位置。这主要表现在它成形年代早,延续时期长,而且在各个历史阶段都产生了较大的影响。直至现在,它依然是大西洋两岸最流行的通俗小说之一。在英国,言情小说的年销售量已超过2500 万册,几乎人均一本。而美国近30 年的超级畅销书中,言情小说的比例也高达 12%,居各种类型小说之首。英、美一些专门出版言情小说的出版公司,如哈利民、德尔(Dell)、班塔姆(Bantam)等,在 20 世纪 90 年代具有空前的规模和市场。

  英美言情小说的渊源可以追溯到 18 世纪中期英国小说家塞缪尔·理查逊的《帕美拉》和《克拉丽莎》。《帕美拉》和《克拉丽莎》在英国出版后,立即引起了轰动,许多读者,特别是女读者,对这两本书的喜爱简直到了十分着迷的地步。她们同情克拉丽莎的遭遇,为她的不幸落泪,但同时又为帕美拉的美好结局感到高兴。女性读者具有如此心态是不难理解的。在 18 世纪的英国,最严重的一个社会问题即是妇女的婚姻危机。一方面,妇女人口过剩,致使许多妇女无法找到对象;另一方面,家庭工业的衰败又剥夺了她们的经济独立,促使她们越来越依赖婚姻。年轻的姑娘被迫缔结以经济利益为基础的不般配的婚姻。而对于女仆们来说,命运更加凄惨。通常她们要在主人家里,一直待到主人结婚,甚至终生不能离去。所以说,塞缪尔·理查逊的这两部小说表达了广大妇女对追求理想婚姻的愿望,喊出了她们改变现状的心声。

然而,对于作家和出版商来说,更重要的是塞缪尔·理查逊的创作模式。无疑,许多读者的动情、落泪是与《帕美拉》和《克拉丽莎》这两本书中的"引诱""失身""自杀"等因素紧密相连的。于是,一本本模仿作品接踵问世,其"引诱"的情节更加详尽,"失身"的叙述更加曲折,"自杀"的过程更加离奇。早期西方国家的言情小说中所出现的"引诱热"由此而生。

19世纪30年代之后,美国出现了反映妇女家庭婚姻问题的言情小说,亦即家庭言情小说。家庭言情小说的兴起与美国妇女在当时的社会地位变化有关。伴随着女权主义运动的逐渐展开,社会上涌现出大量妇女杂志,这些杂志的畅销,促使越来越多的妇女加入了自由撰稿人的行列。她们以笔墨为武器,撰写了无数见闻、特写和杂感,为地位低下的妇女大声疾呼。与此同时,她们也把视角瞄准图书领域,撰写了各种家庭指南和家庭言情小说。这类小说以妇女为中心,反映妇女熟悉和感兴趣的家庭婚姻问题,深受广大妇女读者的欢迎。整个19世纪后半期美国都流行这类言情小说,其销售量居各类通俗小说之首。从结构来看,家庭言情小说依然带有塞缪尔·理查逊的小说的明显印记。它有三大要素:性、感伤和宗教。不过,家庭言情小说也有自己的独特之处,那就是现实主义的成分已经大大加强。这类作品往往都有一个副标题,譬如"根据真人真事创作""素材来自实际生活""一个真实的故事",用以强调内容的真实性。

在19世纪末,英国大多数出版社都销售便宜的冒险和言情小说系列。19世纪晚期的通俗言情小说,将欲望转换为更容易为人接受的模式,例如描写神圣的激情,纯洁的上层女性从包办婚姻中获救,或者因为心地善良而最终逃脱被羞辱的威胁等。夏洛特·扬的作品在19世纪末成了一种潮流。罗达·布劳顿和韦达在19世纪60年代对性爱较开放的描写很受欢迎。

玛丽·伊丽莎白·布雷登的小说《奥德莱女士的秘密》使这种写作更加复杂,书中的女主角不是那么单纯,甚至杀害了自己的丈夫。虽然这本书大获成功,在市场上供不应求,但色情而恶毒的女主角在维多利亚和爱德华时代晚期并不是这一类别的典型。在这一时期最受欢迎的,是那种具有一部分宗教意义的小说。

20 世纪早期出现了很多反映贵族社会的小说,这在贝利·桑德拉女士和弗朗西斯·霍齐森·班内特的作品中有所体现。这期间的言情小说对网球派对和盛大的舞会做了大量细节的描写,而且情节围绕着物质方面的考虑而发展,如名誉、嫁妆和遗产。

伊里诺·格林的《三个星期》含有一定的色情描写,叙述一个年长的欧洲公主与一个年轻的英国旅行者之间的激情故事。这本书很成功,20 世纪 30 年代仍在重印,销售超过 500 万本。而具有一部分宗教形式的小说也没有消失。1909 年弗洛伦斯·巴克利的《玫瑰园》是又一个成功的范例。埃塞尔·戴尔的小说创作,为这一小说类别带来了新的变化。他以遥远的大英帝国为背景,在那里无辜的女主角们不得不与宗教上的困惑和粗暴的丈夫做斗争。玛丽·科雷利的宗教言情小说仍坚定地以传统的伦敦社会为背景,但对宗教的异端描写有所突破。她把天使塑造为女孩,并具有一种特别的号召力使不同的精神得到认同。她的作品所表现出的热烈的虔诚使她获得了巨大成功,包括维多利亚和威尔士王子在内的君主也成了她的读者。

相比之下,色情小说的数目没有那么多,但一直都有作家从事这类小说的创作,1919 年赫尔的《酋长》发表后取得了巨大成功。赫尔采用了比埃塞尔·戴尔更具异域色彩的背景,并增加了色情历险:英国女主角被一个好色的酋长诱拐,并被强迫进入他的后宫,最后竟然发现他是苏格兰一个伯爵与一个西班牙公主所生的儿子,根本就不是阿拉伯人。

20 世纪早期,言情小说的两个次类别已经形成:一类把爱情描写为带有宗教意义的狂热感情;一类则展现肉体之爱。这两类都符合当时的社会背景,即贵族社会背景。

1909 年,一个日后成为言情小说同义词的小小的普通出版社,开始了其最初的创业,那就是米尔斯·布恩出版社。在其早期出版业务中,它把很多著名的文学作家列入出版的名单,包括休·沃波尔、沃德豪斯、班森和杰克·伦敦。

同时,这个出版社也出版非小说类和教育类的书。在早期的言情小说作家,例如路易丝·杰拉德和索菲·科尔的笔下,主角都是来自与大英帝国有关的国家(非洲、缅甸、印度)的上层社会。虽然在这些外国地点表现的都是传统的帝国的男主角,但这些社会小说表现的是不同的性别结构。杰伊·迪克森在研究米尔斯·布恩出版社的历史时注意到,在 20 世纪的头 10 年里,言情小说中成熟的女主角的魅力给男主角带来救助和稳定。米尔斯·布恩出版社的"城市和乡村"系列言情小说也是这种性别结构,这一系列小说引进了一批中产阶级主角。在这些小说里,妻子待在乡下的家里管理内务,而丈夫们的工作在城市里,他们感到很难抗拒大都市的魅力,而女性为容易犯错误的丈夫提供稳定和安全。

1920 年至 1930 年间,女主角变得更年轻、更有魅力、更世故,反映了年轻人所面临的新型社会的出现。女主角住在伦敦上流住宅区,抽烟喝鸡尾酒。到了 20 世纪 30 年代中期,首次出现了经济独立的女主角,她通常在一些新颖的和时尚的行业工作,夜生活则是去鸡尾酒会、酒吧以及观看伦敦西区的表演。伯塔·拉克、露比·艾尔斯、内特·马斯克特和丹尼斯·罗宾斯是这类言情小说中最受欢迎的几位作家。

迪克森认为这种变化源于两次世界战争期间有 500 万女性在工作的历史背景。当时的文学小说忽视了这一现象,而言情小说则探索了女性工作和独立的状况,尽管其中很大一部分带有幻想的色彩。

女性经济独立的状况,使色情和半宗教类型小说都发生了变化。在 20 世纪 20 年代,早期的宗教狂热变成了一种对有男孩子气的男主角单纯的母性关怀(因此关于性方面的威胁减少)。男主角不仅更年轻,而且他们更穷,也不像女主角那样受到过好的教育。这样脆弱的男主角引发了女性关爱孩子的本能。迪克森认为导致大量这样的男主角出现的原因,可能是一战中男性"黄金青春"的丢失和被诊断为"神经衰弱"(这被公认为是女人的疾病)的士兵引起的男子气概的危机。这可能是正确的,但这种解释忽略了一个很重要的因素,那就是文本所隐含的社会阶层跨越,这种跨越与女性进入更广的工作领域有密切联系。

经济独立也给色情意味更强烈的类型小说提供了动力。在《酋长》获得成功的鼓舞之下,小说家们创作了大量表现经济独立的女性旅行者遇见充满激情的地中海情人的故事。在这些小说中,两次世界大战期间的欲望和激情故事都发生在欧洲,而不是发生在英国本地男性的身上。

在 20 世纪 30 年代,米尔斯·布恩出版社开始专门出版言情小说。

在大萧条期间,该出版社出版一系列褐色封皮的言情小说——被称为"褐色书"——成了商业图书馆的支柱。男主角成了更成熟强健的乡村绅士(与 20 世纪初期的女主角所期待的一样),关注的是伴侣关系而不是激情。在 20 世纪 40 年代,这一类型更加关注主角的声望。20 世纪 40 年代的一些言情小说以战争为背景,常常是穿着制服的女主角与受伤的男主角之间的故事,这在后来成为言情小说中的医生/护士次类型。这期间大部分言情小说通过描写稳定和富足的生活,以及歌颂女性家庭内务生活的价值观,为人们提供了从艰难生活和定量供给的困境中逃脱的出路。

但是,女主角的富有,成了她们在爱情关系中的"问题",只有与之竞争的"另一个女性"才能获得体面的成功。小说变得非常纯洁,连接吻之类的内容都变得很少了,激情只在眼神之中流转。迪克森认为,米尔斯·布恩出版社的这类言情小说与战争背景有关,描写受到精神创伤的男主角被一个好女人的爱所治愈的故事。男主角的成熟仍是一个重要的特征,他常被认为是"男孩"中"真正的男人"。这种模式只是在 20 世纪 50 年代建立起来,年龄和男性权威方面的多样性不复存在了,而是变为比较具体的内容:男主角 35 岁,富有,世故,而女主角刚刚 20 岁出头,处女,身边很少有可以保护她的人。小说中表现的欲望是纯洁的,与主题有关的内容多是保护女主角的贞洁。

1949 年,哈利昆出版社作为加拿大一个再版机构成立,买进了米尔斯·布恩出版社的书目。20 世纪 50 年代晚期,作为言情小说主要市场的外借图书馆衰落,读者开始减少。1957 年,米尔斯·布恩出版社开始只做言情小说的业务,并效仿哈利昆出版社,于 1960 年开始出版自己的简装本系列。

第二次世界大战后,英、美类型小说开始进入全盛时期。市面上读者对通俗小说的需求倍增。无论是通俗小说的图书种类,还是通俗小说的销售数量,都有极大的增加。而学术界、思想界对通俗小说的日益重视和逐渐兴起的研究热,又给这种盛况锦上添花,进一步推动了通俗小说的创作。尤其是在美国,新浪潮接踵而来。一方面,原有的通俗小说不断嬗变,产生出新的样式;另一方面,各类通俗小说相互并存,相互交融.呈现出极其复杂的局面。

在 20 世纪 60 年代大部分时间,尽管处在"性解放的 60 年代"和"放纵革命"的历史背景下,节制和纯洁仍是言情小说的意识形态准则。芭芭拉·卡特兰德的女主角代表了这一时期的言情小说。年长的、经验丰富的、富有的男主角继续追求纯洁的、年轻的女性,后来她会在异国他乡拥有一份体面、时髦的工作。20 世纪 60 年代末,曾经遭受压制的色情小说通过塑造有男子气概的拉丁或阿拉伯情人的回归,让公众感觉到了它的存在(虽然这些小说中的女主角在走入圣坛之前保持了童贞)。这种对女性的童贞的强调,并且把童贞看作女性最受推崇的品行的态度,显示了言情小说最保守的方面,而 20 世纪 60 年代人们对性的到的已经有了更新、更灵活的方面。

这种情况并没有持续很久。20 世纪 70 年代见证了色情小说的回归,"煽情小说"取得了巨大成功。在凯瑟琳·伍迪威斯以及后来的萝拉·伯福德和露丝玛丽·罗杰斯的历史言情小说中,色情内容重新出现。

丹尼尔·斯蒂尔和珍妮·戴莉后来把色情元素放入更现代的背景里。这导致 1977 年至 1978 年间小说中大量强奸情节的出现。一些评论家认为这反映了女性主义对男性暴力的文化觉醒。从 1979 年起,男性角色开始变化。他们的身份变得更为神秘,充满敌对情绪并被构建得和女性十分不同,通常完全是陌生人。

在 20 世纪 70 年代早期,哈利昆出版社的成功使米尔斯·布恩出版社倒闭。哈利昆出版社于 1971 年聘请劳伦斯·海赛来制定了一个市场策略:像卖杂志一样卖小说,把它们放在超市而不是书店;重点宣传哈利昆出版社的系列作品,而不是某一个作家的书籍;每个月发行新的书目。海赛也负责市场调查,使情节和角色符合读者的喜好。在 20 世纪 80 年代,哈利昆出版社成为一个销售奇迹。在 1979 年,它就宣称拥有 1600 万美国读者。詹尼斯·拉德威在其著作中指出了作品销售中的这种变化,并探讨了在英美历史上言情小说的销售奇迹和女性主义影响同时崛起的矛盾现象。

1980 年,西蒙与舒斯特出版社(Simon and Schuster)开始出版"剪影"系列小说,以挑战哈利昆—米尔斯·布恩出版社对言情小说的实际垄断地位。他们想告诉哈利昆出版社美国公众真正想要的是什么,并挖走了哈利昆出版社一些最成功的作者,如夏洛特·兰姆和珍妮·戴莉。他们的"烛光狂喜"系列推出了更现实的性别角色,男主角更性感更温和。1982 年推出了"欲望"系列,其中描写了许多婚前性行为。这一系列销售得很好。

芭芭拉·鲁道夫认为在这一时期"哈利昆出版社错过了已经发生了变化的市场良机。它的作品表现的是纯洁的爱,但读者渐渐地喜欢上了不那么幼稚的女主角和更刺激的情节"。哈利昆出版社注意到了"剪影"系列的成功,并于1984年推出了"诱惑"系列,其中的女主角比一般言情小说中的女主角更成熟。尼克阿尼·穆迪指出,"诱惑"系列的女主角有着丰富的性经历和吸引人的工作;在三十几岁达到了事业的顶峰;老练到想要追求生命中一些不同的东西。虽然穆迪没有指出"诱惑"系列是一个激进的变化,但她确实注意到在性别关系的结构描写中有一个明确的转变。

在"诱惑"系列小说中,经常是男主角压抑性欲,直到他确定这是一段可以达成婚姻的爱。他帮助女主角从过去的伤痛中解脱出来并让她相信婚姻,特别是母亲身份,是一个值得的选择。穆迪指出:"在20世纪90年代的女主角所经历的诱惑(从女性主义者的角度)并不是要让她们放弃以前宝贵的贞操,而是放弃好不容易得到的独立,这被后女性主义者认为是一种罪孽。"

虽然言情小说仍然坚持把一夫一妻制和婚姻作为标准,但两性关系不得不被重新定义以此来适应社会变化和期待。20世纪80年代和90年代言情小说中的男女主角的关系更加友善,更加两情相悦。女性获得了经济独立并在婚后也有可能继续工作。女性能够表达自己的欲望和对性的要求,这被表现为愉快的和多样的,而不是像以前那样充满暴力。在20世纪90年代,需要被哄骗而同意结婚的是女人而不是男人,因为婚姻作为男权制度的一个结构产物,对女人来说存在更多的危险。

回顾言情小说的历史可以证实,性爱不单是随着女性解放运动的发展而出现的现象。生理上的爱在这种类型早期便是一个主要的话题。男主角不那么专断,而是更加温和。事实上,从20世纪40年代一直到60年代(通常被认为是言情小说这一类型的基本准则形成的时代),女性言情小说在色情方面的内容遭到了删减,这种现象实际上是反常的。第二次女性主义浪潮对女性欲望和社会平等的表现方面有重要的影响,但并不是引发的唯一原因。正如安·罗瑟琳(Ann Rosalind)在对米尔斯·布恩出版社的作品进行审视时所说的那样,事实上女性主义对言情小说的影响最初是事与愿违的。1983年至1984年间,经济独立的女性被贴上女性主义者的标签,她们不得不极力为自己辩护。而男性对女性主义者的主张表示不屑。这些言情小说中普遍表达的观点是女性主义者害怕男人和他们的力量。潜在的意思是女性主义自身是不符合自然规律的,并且有误导人的作用。在这一时期,虽然许多言情小说的情节与女性主义者的观点不乏一致之处,如主张女性婚后继续工作的权利等,但总体说来言情小说这一类型是抵制女性主义主张的。一些言情小说作家把这一类型当作是反对女性主义的最后一座堡垒,而另一些作家则愿意把自己归为女性主义者。

考虑到 20 世纪 70 年代至 90 年代大量言情小说的出版,特别是在温和禁欲的哈利昆言情小说和更为暴露的"诱惑"系列同时销售的情况下,女性主义者对言情小说的挪用问题很难一概而论。当然,也许公开承认自己是女性主义者的作家并没有创作过言情小说,而主流的爱情文本也很难以女性主义的名义销售,但是一些女性主义评论者指出,许多作家,如夏洛特·兰姆、维多利亚·凯尔里茨和苏珊·纳比尔等人,都站在赞成女性主义的行列,并通过言情小说的创作推动了女性特质的构建。

第二节　女性主义对言情小说的批判与影响

随着女性主义第二次浪潮的兴起,女性主义作家和评论家们用女性主义观点去重新审视言情小说创作以及相关的文化研究理论。1970 年,杰曼·格里尔的社会批判著作《女太监》中有一个章节评论的是言情小说。她和《性政治》的作者凯特·米利特以及《性的辩证法》的作者舒拉米斯·费尔斯通一样,认为言情小说创造了一种错误的意识,对受压迫的女性是一种麻醉剂。格里尔认为,言情小说中的男主角有很强的男性费勒斯中心情结,他会爱慕并引诱女主角忽视现实并扭曲她们实际的行为,但造成这一现象的正是女性自己:"这样的男主角是女性为自己所选择的。他身上的特征,也是由那些喜欢自己身上所套着的枷锁的女性所创造的。"

1974 年雷切尔·安德森发表了《紫心悸动:爱情亚文学》,研究了言情小说的早期历史。该书使言情小说成为值得严肃研究的类型,但其副标题并没有宣称要挑战文学的经典。这本书列举了从夏洛特·扬的《拉德克利夫的继承人》开始,截至 20 世纪 70 年代早期的言情小说作家,还专门探索了色情小说。通过研究这一类型小说的历史,安德森认为言情小说在这数十年里发生了诸多变化。

20 世纪 80 年代出现了大量文本,探讨言情小说究竟是父权制思想的体现还是具有颠覆父权制思想的潜能。1982 年,塔妮亚·莫德尔斯基具有开创性的著作《复仇的爱:为女性所作的大量幻想小说》(*Loving with a Vengeance:Mass-produced Fantasies for Women*)揭开了争论的序幕。这本书认为文化评论家忽视言情小说而关注侦探小说的做法,进一步贬低了女性和她们的利益。该书认真调查了哈利昆言情小说、哥特小说、电影以及肥皂剧,试图分析为什么女性会从中获得乐趣。

作者对言情小说文本进行心理分析研究后指出,这类小说在一个敌对的文化背景中悄悄地道出了女性内心深处的焦虑、欲望和期待。言情小说可以让她们经历与现实相反的幻想,如愤怒的反抗以及受到珍视和保护。她认为,从言情小说里获得乐趣的女性,会因此积极地适应她们受到限制的生活。然而,反抗却由于寻求大团圆结局的叙述欲望而变得中立;读者希望男主角看到的是一个可爱而不是充满挑衅的女性,反抗因此而遭到破坏。不仅如此,关于这些主角的描写教导女性去"阅读"男人的行为,从而使她们永远无法摆脱对于男性的困惑。她在回顾20世纪70年代晚期的哈利昆言情小说后指出,这种被动的模式很少发生变化,即年轻的不谙世事的女性被喜欢愚弄人的、成熟富有的男性所迷惑。就这样,言情小说虽然能给女性带来快乐,也放置了女性的反抗。

大卫·马格利思在《米尔斯·布恩出版社:无性的罪恶》一文中指出:阅读言情小说使得在现实生活中缺失的情感得以表达,但这种小说使男性的挑衅性和女性过分关注男人的行为变得自然化了。女性对男主角的不安全感,在误解他和引起他的欲望时的罪恶感都被理所当然地认为是作为女人的一部分。马格利思对米尔斯·布恩出版社的一部分作品采用马克思主义理论进行了分析,指出言情小说被市场引导,反映了绝大多数读者所接受的态度,并因此进一步巩固了现状。

安·巴尔·斯托尼在《大众言情小说:女性色情文学的差别》中赞同马格利思的观点,她指出哈利昆言情小说准确地反映了被大众接受的女性主义文化的某些方面;但她将女性从中得到的乐趣归入色情的框架,认为言情小说证明女性与男性的色情有所不同。书中将两性构建为不同的种类,关注对不为人知的、神秘的男性的生殖器崇拜。冷酷和残忍成为这一类型的一部分必然特征。女主角处于两种状态之一:不是反抗他所带来的生理刺激,就是全神贯注地期待下一次相遇。这种紧张的氛围是刺激的并且令人感到性满足,因此让女性感到兴奋。

虽然这些极其色情的描写仍然将女性的被动限制在男性色情的模式之下,但将性放置在了浪漫的光环下。因此哈利昆文本允许女性在社会的双重标准下安全地体验性欲。斯尼托认为,女性主义者反对施加于女性的消极元素的做法是正确的,但她指出这一类型说明女性的觉醒是多么依赖于复杂的社会和情感的调和:女性的性欲包括浪漫、安全和性爱。因此,在承认社会巩固了女性消极性和男性为中心的价值观的同时,斯尼托指出言情小说给予女性一种体验,这种体验虽然在社会中受到限制,但仍准确地描述了什么组成了女性的欲望。

罗莎琳德·考沃德在《女性欲望:当今女性的性问题》一书中对女性在大众文

化中获取的快感进行了分析,其考察对象广涉时尚、言情小说、女性杂志等文化文本与实践,并指明女性是如何被卷入快感和自责的轮回的:"自责,是我们的专利。"考沃德并非站在"局外人"的立场对分析对象指手画脚。相反,她声称:"对于女性的快感与自责……我再熟悉不过。我对自己所描述的快感有切身体会……在那些东西面前,我不是一个遥不可及的批评家,我始终在对自己的行为做出解释,在显微镜下检视自己的生活。"考沃德的立场与法兰克福学派的视角针锋相对,她从未高高在上地俯视大众文化,而是将其视为可感可触的文化加以观察。

　　我所考察的,是由这些表征而生的欲望,那些对女性主义者和非女性主义者一视同仁的欲望。不过,我从未将女性欲望视为由生存环境所导致的牢固堡垒。相反,在我看来,是女性快感和欲望的种种表征生产并维持着女性的社会地位。此种地位既非遥远的外力强加于我们身上从而可以一脚踢开,亦非女性气质滋生的核心要素,而是作为对快感的回应被生产出来的。我们的主体性和身份都是在对我们置身其内的欲望的界定中形成的。这些经验使得任何改变都难乎其难,因为诱发女性的欲望的那些话语,时刻维系着男性的特权。

　　考沃德之所以对言情小说产生兴趣,在很大程度上源于 20 世纪 70 年代,女性主义与如雨后春笋般风靡的言情小说几乎是同步发展的。关于言情小说,她提出了两个观点:第一,所有小说必定满足着某些特定的需求;第二,这些小说为"某个无比强大的共同幻景"提供佐证、做出贡献。言情小说中展现的幻象"带有前青春期性质,几乎属于前意识范畴",这些幻象从两个关键方面实现"回归":一方面,它们在对早年儿童与父亲关系的回忆中憧憬着男性的力量;而另一方面,它们又对女性的性欲采取了一种特殊态度,认定女性欲望是被动且毫无反省的,于是性欲的责任就不可避免地落在男人肩上。换言之,性欲是男人的专利,而女人往往对其无动于衷。故而,言情小说重现了女孩的俄狄浦斯情结。不过,考沃德也指出:

　　言情小说之所以流行,皆因其……再现了童年世界的性关系,并弥补了男性气质匮乏,令人窒息的家庭氛围以及父权制所致的伤害。同时,它还小心翼翼地回避着来自童年世界的内疚感与恐惧感。鉴于女性角色在言情小说中获得了某种权力,故对父权所造成的窒息般的恐惧心理也不复存在。言情小说呈现了一个稳固的世界,规划了某种安全的依赖关系,承诺女性在受到约束的同时还拥有权力。

詹尼斯·拉德威的《阅读言情小说:女性、父权制与通俗文学》出版后,成为20世纪80年代研究言情小说的最有影响力的专著之一。拉德威在其研究的一开始就指出言情小说之所以广受欢迎,在一定程度上是由于"图书的生产、发行、广告及市场策略发生了重大改变"。她对前人的论述提出质疑,指出言情小说的商业成功一方面当然是由于女性的阅读需求日益增长,另一方面也取决于出版商日臻娴熟的推销技巧,两者具有同等重要性。如果出版商没有致力于使小说变得更具可视性与接近性,女性对浪漫幻景的消费需求决然无法满足。

拉德威把分析的视角从文本阅读转移到对言情小说某一特殊群体的阅读习惯的调查之上。拉德威在史密斯顿(Smithton,史密斯顿是美国宾夕法尼亚州一座享有自治权的市镇)展开了自己的调查研究,访问对象为一组总计42人的女性言情小说阅读者(绝大多数是已婚已育妇女)。这些女性读者大多是多萝西·伊文斯工作过的书店的常客。

事实上,正是大名鼎鼎的多萝西吸引拉德威到史密斯顿来的。出于对言情小说的热爱,多萝西出版了系列名为"多萝西言情小说阅读手记"的新闻信,并为其中小说的"浪漫价值"设级排位。这些新闻信连同多萝西对读者提出的阅读建议,共同导致了一个规模不大却极具象征意义的言情小说阅读共同体的出现,而拉德威分析的焦点就集中在这个象征性的共同体上。她通过调查问卷、开放式小组讨论、面对面采访、非正式讨论以及在书店观察多萝西与普通消费者进行现场互动的方式,收集了大量一手材料。此外,史密斯顿女性所读之书目也吸引了她的注意力,她将对这些书目的解读作为一种补充性材料加以利用。

多萝西的新闻信对读者选择购书类型极具影响力,这使拉德威意识到仅从当前书目的样本分析中得出结论是远远不够的。为了理解言情小说阅读的文化意义,必须对大众的辨识力予以足够重视,考察读者对书目的取舍过程,研究哪些书能够满足读者需求,哪些不能。此外,她还对阅读的程度做出了观察:她所采访的绝大多数女性每天都读书,每周花费在读书上的时间是11至15小时。至少四分之一的受访者表示,若非家庭事务打扰,她们更愿意一气呵成地将一部小说读完。在史密斯顿女性的心目中,理想的言情小说情节应当是这样的:一位独立且富有幽默感的知识女性,在经历了种种怀疑、猜忌,乃至残忍、暴力之后,终于被一个男子的爱情征服。在恋爱过程中,该男子由轻率粗鄙而日趋成熟,成长为一个关心女性、甘愿供养女性的好男人——这也正是传统意义上女性对男性的期许。拉德威如是解释:"浪漫幻景……并非关于发现一位格外有趣的生活伴侣的幻想,而是一种期望被关怀、被热爱、被肯定的特殊仪式。"这是一种"回报式"幻想:男人对女人施与关注与爱护,而女人亦应投桃报李。不过,言情小说带来的幻景远不止这些。通过阅读这些小说,女性读者会忆起往昔的幸福时光,重返被"母性"之爱包容的年代。

拉德威援引南茜·乔多罗的观点,指出言情小说营造的幻景是一种形式独特的回归,让读者在想象上和情感上重返"自己仍是被某位供养者所关注的焦点"的年代。不过,这种回归并非如考沃德所言是以父亲为中心,而是以母亲为中心的。由是,言情小说就成了女性手中的工具,她们通过阅读书中男女主人公的恋情故事,汲取着一种替代性的情感援助,弥补自己在日常生活中付出太多而得到的回报太少的现实。

拉德威还沿用了乔多罗对"自我"的界定,认为女性自我是一种时刻处于和他者关系之中的自我,而男性自我则是独立而自治的自我。乔多罗曾指出,男性自我与女性自我的不同源于两者与母亲的关系不同,而拉德威则在乔多罗所言之心理学因素与理想言情小说的叙事类型之间建立了关联:在从身份危机到身份重建的旅程中,"女主角最终成功建立起理想化的叙事……建立起我们都熟悉的女性自我,亦即与他人关系中的自我"。此外,拉德威还赞同乔多罗的另一观点,认为女性只要在俄狄浦斯情结中浮现,便立即身陷某种"牢固的三角形心理结构",这意味着女性"既须与异性打交道,又要持续不断地以母性身份与供养及保护自己的人维系强烈的情感纽带"。为了体验这种母性情感完满的回归,女性有三种选择:同性恋、与男人建立两性关系,以及通过其他方式获取满足。我们文化的恐同性特征制约着第一种选择,男性气质制约着第二种,而阅读言情小说则隶属于第三种选择的范畴。拉德威指出:

言情小说营造的幻景一方面来自渴望爱与被爱的俄狄浦斯情结,另一方面则源于持续不断的前俄狄浦斯情结,该情结是女性内部客体构成的一部分,具体体现是期望重获母亲之爱,以及与之相关的一系列暗示——色欲的快感,共生的圆满,以及身份的确证。

理想的言情小说为上述三角形结构提供了完美的解决方案,"父亲式的保护,母亲式的关怀,以及激情洋溢的成人之爱"。

失败的言情小说则无法满足读者的情感需求,要么由于其内容太过血腥,要么因其以悲剧或令人难以信服的喜剧结尾,这就以一种令人不悦的方式凸显出所有言情小说的两类结构性焦虑:第一种焦虑是对男性暴力的恐惧。在理想的言情小说中,暴力的危害性往往受到情节的抑制,被展现为错觉或无害之物。第二种焦虑则是对女性性意识的觉醒及其对男性的影响的恐惧。在失败的言情小说中,女性的性意识往往无法被限定在天长地久的恋爱关系之中,而男性的暴虐也处于失控状态;两者结合起来,就构成了一种独特的表达形式——用男性的暴力去惩罚女性的滥交。简而言之,失败的言情小说无法使读者从女主人公的经历之中获取情感满足,无法分享在某位伟岸的男性臂弯中完成从身份危机到身份重建之转变的快感。一部言情小说成功与否,最终取决于读者与女主人公之间会建立起何种关系。

假若女主人公的故事激发了读者的某种激烈的情绪,如对男性的愤怒,对强奸和暴力的恐惧,对女性性意识的不安,对枯燥感情生活的忧虑等,那么这部言情小说就会被认定为失败或糟糕的。而相反,如果读者在女主人公身上体验到了兴奋、满足、安心、自信、荣耀、力量,那么它就是一部成功的言情小说。归根结底,最重要的是让读者在短时间内想象着自己成为另一个人,置身于另一处更美好的所在。读者合上书本,闭目回想,会心悦诚服地认为男人和婚姻就是女性最好的归宿。当饱享了精神食粮的她重返日常起居,再度肩负起家庭的责任时,则能以更加自信的姿态面对生活,并坚信自己凭借能力可以解决生活中种种无法回避的问题。

通过此种方式,史密斯顿的女性在一定程度上使言情小说的父权制形式为她们所用。阅读言情小说的首要"心理收益"源自"永远不变的文化神话的仪式性循环"。60%的史密斯顿女性会在自己认为必要的时候预先翻阅小说的结尾,以确定其情节不会与基本爱情神话的满足感相抵触。这一事实强烈地表明对于史密斯顿的言情小说读者而言,"供养女人的伟男子"这一基本神话才是最终极、最重要的元素。

在听取了史密斯顿女性读者所做的一系列评述之后,拉德威得出结论:若想充分理解她们阅读言情小说的视角,必须放弃对文本的执迷而将注意力集中于阅读行为本身。她发现,当被访者在谈话中使用"逃避"这个词来描述阅读的快感,该词其实身兼两重彼此相关的含义:它可以被用来形容读者与男女主角两性关系之间的身份认同过程,也可以作为一种文学性的表述来传达对现实的否定。每当读者开始阅读一部小说时,她都会逃离现实,沉沦在故事里。史密斯顿的许多女性将阅读言情小说视为给自己的"特殊礼物"。对此,拉德威援引乔多罗关于父权制家庭的观点,指出在日常的再生产之中,存在一个失衡的基本结构,那就是在社会及心理意义上,男性是被女性再生产出来的,而女性在很大程度上却无法对其自身进行再生产。因此,阅读言情小说就成了一种虽然渺小却非微不足道的情感再生产方式。尽管阅读小说是一种替代性经验,但由其发生的种种快感却是真实可触的。

第三节　案例分析

本节以《激情的果实：改写言情小说》和《冬天的颜色》为案例，分析女性作家如何以不同的方式，对传统言情小说进行挪用，推动女性特质的重构。这两个文本都从女性主义者的立场对言情小说类型进行了改写。《激情的果实：改写言情小说》中的故事在很大程度上抛弃了言情小说类型的传统规则。而《冬天的颜色》通过回顾和重写，塑造女同性恋意识形态的模式，创造了更具颠覆性和挪用性的女性主义言情小说。

一、戏仿的批判性

1986 年，詹妮特·温特森为女性主义出版社——潘多拉出版社编辑的《激情的果实：改写言情小说》是一部很特别的作品。

这是一本短篇故事集，书中故事的 13 位作者都是关注言情小说的重要女性主义作家，包括洛娜·特蕾西、萨拉·曼特兰、菲·维尔顿、约瑟芬·萨克斯顿、玛吉·皮尔西、劳里·科尔温、安吉拉·卡特、菲奥纳·库柏、阿加莎·克里斯蒂、艾琳·拉图雷特和米歇里尼·王德尔等人。由于书中的故事都是从女性主义者的角度去书写言情小说的一次尝试，特蕾西特地为了这个选集对她的作品做了进一步改写。

正如该书标题暗示的那样——这些故事都对言情小说的概念进行了某种"扭曲"。萨拉·曼特兰的《心灵的悸动》描写为了经历爱情的神秘，女性所遭受的身体和心理上的伤害。故事是通过热恋中的女性讲述者以沉闷的独白形式来传达的。这个故事分为两部分：第一部分描写幻想者制造的幻象，即上演"在镇上最浪漫的戏剧"。剧中宣称女性本质上是男人创造的，其作用是崇拜他的重要性，一旦女人"意识到在这个世界上不只有他有如此的魅力时"，男人就会把她砍碎，重新创造成只关注他的女人。由于他们"彼此的关系以及由此产生的一种浪漫的激动"，表演取得了巨大成功。第二部分揭示以男性为中心的骗局，分析言情小说对女性的性、生理和经济的剥削，并指出女性自身也参与了这种剥削。原本独立能干的妓女堕落到对虐待狂极度崇拜的地步，她心甘情愿被砍得支离破碎，只要能证明他需要她。她完全丧失了自我："他准备追随我的身体多远，我就准备追随他多远"，他就是"我的全部，没有他我就不存在了。我太爱他了"。他的虐待方式包括打她，喝她的血，把从她那里偷到的钱花在别的女人身上，体现了带有自我崇拜的男人越来越疯狂的举动。女主角以沉闷的、愚蠢的独白，嘲弄言情小说类型的叙述模式，讽刺了小说中的那些陈词滥调如何通过贬低女性而使男性具体化，并暗示言情小说是怎样建立在虐待和奴役女性的基础之上的。曼特兰的故事成功地戏仿了言情小说这一类型，因为它在进行模仿的同时，又对此进行了批评，其文本之意不在重造女性主义的话语，而对目前的话语进行女性主义评论。

　　劳里·科尔温的《法国电影》表现了一个现实的通奸故事中所唤起的强烈激情。在这个故事里，作者用现实主义的细节不断地评论和"修正"一个恋爱事件的言情小说版本。故事中的一切都是对传统系列言情小说的谴责。书中角色都是韶华已逝、相貌平平的中年人。作为讲述者的女主人公不注意打扮自己也不追求漂亮的衣服。她穿男亲戚扔掉的破破烂烂的毛衫，衣服总是"和她作对，不是起皱、缩小就是缝歪了"。她的情人打趣道："你真的是竭尽全力去变成一个男人。"她不熟悉家庭事务，不会做饭，但有冷静的头脑，直率而且非常节省。

　　情人不是她唯一关注的，他们之间的爱也不能使她摆脱困境，因为爱本身就是一种困境。女主角不是像浪漫小说中所宣扬的那样，与社会上的任何人都没有瓜葛，只对男主角倾心。相反，她有朋友、工作和丈夫。小说描述的是通奸，是对家庭的背叛。通奸的双方都在乎他们的妻子（丈夫）。爱和欲望是苦与快乐的源泉，但在实际生活中，这只是非常偶然的，也不是要以毁灭其他的东西为代价。对言情类型小说的意识形态带来冲击的，是意识到其他普通的、平常的东西比爱情更重要。小说批评了言情小说的基本观点，通过主角承认他们的欲望没有未来，它只是一个"刺激物"或一根"刺"，创造出了一颗"淡水珍珠"。爱情作为一个概念在这里没有被拒绝，而是被置于更现实的生活选择和联系之中。结局不是情人宣布对彼此的承诺，而是承认爱情是珍贵的，但在他们的生活中都不是最重要的。故事在模棱两可的结局中指出了爱情的重要性："他们可能永远分开了，但这没关系。这些生动、甜蜜的时刻永远属于他们——它是被创造出来的——和一首曲子一样，与众不同而又有着实际的含义。"爱情是被经历了欲望的人创造出来的，它不会让所有人都忘乎所以。它不是女人生活的中心，不会破坏所有其他关系。科尔温在叙述当中间接评论了言情小说这一类型小说的固有难题，即那些女主角为了能够关注、服从占支配地位的男人，而经常被剥夺生活中一切有意义的事情。

科尔温在个人生活领域评论爱情的角色，而王德尔则通过《我的一些最好的朋友》，在社会政治领域谈论欲望的未知本质。在一次争取同性恋权利的示威游行中，一个女同性恋和一个男同性恋令人吃惊地相爱了。但当他们继续通过反对异性恋并反对把双性恋看作一种自由主义行为而表示对同性恋阵营的支持时，却遭受到了来自同性恋内部的敌视。这种敌视，就像异性恋无法忍受同性恋一样。

故事描绘了失魂落魄的迷恋，但故意用一段话评论了爱情的气味是怎样从欲望中散发出来的："他好像带着某种味道，这使他周围的空气比其他人周围的空气更清新更明亮。读者啊，我对他充满了幻想……我感到振奋，精力充沛，我的心跳得更快了。"

这些爱情的标志绝对是政治化的。在对处于社会边缘的人的叙述中，爱情不是强大的，也不能以圆满的结局去解决所有的生活问题。欲望在性的选择中具有政治含义，它带来的问题比解决的问题要多。爱情的结局是不幸福的，甚至是灾难性的，因为它得不到他人的容忍和理解。这个故事关注边缘人群的封闭社区，也把自然的、基本的"爱情"看成是受到社会制约的，且常与社会发生冲突。它揭示了传统言情小说模式内没有表达的异性恋制度的政治化问题。

这三篇女性主义言情小说对爱情类型小说进行扭曲、模仿和戏仿，目的是批评传统模式下根深蒂固的男权中心的厌女症、将爱情置于比其他个人和社会关系更重要位置的不现实的做法以及系列言情小说中将异性恋政治化作为准则的做法。从女性主义者的角度来看，她们对言情小说的分析深入、新颖而具有破坏性，但这些文本与传统言情小说有较大的差异，其市场受众是少数对言情小说类型感兴趣的女性主义读者。用尼西·杰拉德的话来说，它为少数人写作。这个小说集没有出现传统言情小说所渲染的激烈情感和逃避的幻想所带来的快乐。就这点而论，与其说它是对言情小说类型的挪用，还不如说是一种有趣、有效的戏仿性批判。

二、反叛性的女同性恋言情小说

本节要讨论的另一个文本来自女同性恋出版社——水中仙女出版社的系列言情小说类型。丽莎·夏皮罗的《冬天的颜色》是水中仙女出版社的一本言情小说，这个出版社把自己宣传为世界上最古老最大的女同性恋/女性主义者出版公司，并把这本书称之为"你意想不到的浪漫爱情"。很显然这一文本把自己定位为对言情小说类型的挪用，而且通过挪用成功地批评了传统类型的意识形态。

与《激情的果实：改写言情小说》不同的是，《冬天的颜色》遵循了言情小说这一类型的基本模式，关注两个情人，关注被追求的感觉，并关注与妨碍他们关系的风俗所进行的情感上的斗争。女主角桑德拉·罗斯在工作中很有能力，但在感情上曾被伤害过，这使她拒绝恋爱。是对欲望的接受愈合了她的伤痛并改变了她对自己的看法。"爱情对她来说，不坚硬也不柔软，不困难也不简单。在那个时刻，它是唯一的立足之地。"这种对爱情具有战无不胜的力量的歌颂，在言情小说文本中是必不可少的要素。但这种歌颂不是永恒的，而只是相对地"在那个时刻"。爱情改变了女主角和"男主角"，它的力量强大到可以推翻所有规则，但却不是持续到永远的。在女同性恋关系中，两个女主角向彼此做出种种承诺，就是无法承诺终生相伴，这个结果是不可避免的结果。幸福到老的幻想被悄悄地抛弃，因为她们承认有比爱情更重要的东西：那就是她们的事业。她们的爱情能够向彼此证明，她们不需要在事业和婚姻之间做出选择，而是可以两样都拥有：在小说主人公桑德拉和杰伊的爱情中，她们公开承认她们的需要，并鼓励对方牺牲自己的欲望而去追求各自的事业。米尔斯·布恩的异性恋女性主义可能会改变婚姻制度而不摧毁它，而女同性恋言情小说则认为爱情与所有权无关，而是关于无私地给对方保持自我的自由。通过挑战传统的结局，言情小说自身的概念正在被重新修订，欲望不是永远持续的东西。

权威、财富和地位之间的平衡也被两个情人所质疑。桑德拉·罗斯 51 岁，是伯克利大学的一名历史讲师，热爱烹饪，对性胆怯，遵守规则，她以丰满的身材和柔软的银发形象，挑战了传统言情小说对女主角的年龄歧视。她具有权威和地位，并且在指导杰伊的提案。而杰伊 29 岁，是一个富有的慈善家的女儿，性格叛逆，拥有财富，生活安逸，对西海岸年青一代的女同性恋充满信心。杰伊用她更具挑衅性的态度,不断地迎接和跨越一次次的冲突和矛盾。年龄、权威、经历和傲慢等处于支配地位的东西在她们之间分摊,哪个人都不能拥有全部。

与她们欲望冲突的是社会期望,而不是女同性恋关系。真正的困难是金钱、势力、部门政治和父母的压力。这些来自制度上的敌人,维护社会现状并阻止两个女性找到幸福。传统意义上的家庭被表现为有害的社会制度。"每一代人确立习惯并维护风俗,在传统圣坛上牺牲个人的偏好。"杰伊强势的母亲牺牲女儿成为木雕家的艺术天赋,为的是获得遗产并操纵桑德拉在学校的职位。从她身上可以看出,制度和家庭总是要求个人做出牺牲。作为一个陪衬的例子,桑德拉具有艺术才华的父亲放弃了他的天赋,成了一个律师来满足家庭的期望,最后他自杀了。桑德拉愤怒地指责她母亲不够爱她的父亲,没能帮他找到自己的信念以反抗传统体制的束缚。爱情其实并不是安全的港湾。它是为对方的最大利益服务,支持对方并鼓励对方为激情而冒险的积极欲望。爱和承诺正在被重写,它们从"所有"和"占有"的特征中解脱出来。

桑德拉帮助杰伊找到对艺术的信念,使她敢于将自己的作品"暴露"在公众中,并让她去纽约追求自己的艺术梦想,尽管那里离桑德拉很远。杰伊对桑德拉的爱也是一样的有益,因为这种爱迫使她拒绝守旧的行为。她想到了自杀的父亲,他选择死亡是因为他无法活在规则之下。因此她害怕她的女同性恋关系会导致相似的结果,被社会驱逐而自我毁灭。杰伊的美丽和叛逆使得她拥抱"具体处境下的道德……尊重自己的真理"。桑德拉内心的不适(表现为她经常喝酒)、失眠以及文思中断等症状在故事结尾都得到改善。当她独自在加利福尼亚时,"她似乎看不到自己的转变,但毕竟创造力没有消失。一行接着一行,她的作品逐渐成形。她相信这些文字会把她带到春天"。这个文本歌颂爱情的力量,在故事结尾两个情人分开了,她们如此深爱着对方,以至于能够将对方真正的幸福放在首位。那种幸福,追求事业或"本性"的幸福,被认为比她们的欲望更重要。爱情不是女人生活的全部。

整部小说的行文没有讽刺的语气,也没有高高在上地评论言情小说模式,因为那样做会妨碍对女主角身份的直接认同,而女主角是这一类型的标志和乐趣之一。女同性恋的生活方式要求对通常的情节规则进行彻底的改革,而女同性恋言情小说通过人物塑造来质疑异性恋的意识形态。虽然杰伊具有一些"男性"特征,而桑德拉具有"女性"特征,但她们的性格特征使通常的权力结构复杂化了。最初杰伊追求桑德拉,使她了解到自己的欲望,但她接受了桑德拉出于职业关系考虑的拒绝,后来桑德拉反过来追求杰伊。和传统的模式不同,她们轮流充当追求者和被追求者,欲望战胜恐惧的想法是动态的,在两个人之间周转。这使追求者和被追求者的二元对立从男女两性固有本质的构建中解脱出来。两个角色都来自存在很大问题的异性恋家庭,并且情节显示那样的家庭不能满足个人的需要,而是强迫主人公违背自己的本性,这导致不幸福的结果。要想突破陈规、赢得幸福和自由需要勇气,而勇气来自有同样思想的灵魂的爱和鼓励。和其他女同性恋小说文本一样,《冬天的颜色》对一些次要角色进行了细节刻画,他们支持这对情人并帮助她们寻找前方的出路。这挑战了传统的写法,即两个情人孤军奋战,在其"自然的"同居状态中与世隔绝。创造性的满足和传统家庭的对立这样的情节,暗示了女同性恋者承认自己的欲望并勇敢地走了出来。夏娃真正的"罪"被认为是"接受了另一个人的思想,却忽视了自己的思想"。杰伊这样表达对展示自己雕塑的惧怕:"如果你有机会向公众展示最隐私的自己,你会把灵魂暴露在世界之下吗?"在一次聚会中,受人仰慕的优雅的黑人学者奥德丽·林登也被发现是同性恋。"女同性恋关系对我来说并不新鲜,但公开这种身份则是新鲜的。"她解释道。桑德拉也承认,"暴露这种身份不是对每个人都那么容易的"。

女同性恋言情小说赞成女同性恋者的欲望,并讨论它所导致的社会排斥。通过挪用言情小说的类型模式,女同性恋言情小说还颠覆了一些固有的意识形态,这是通过重写传统异性恋的自然化、家庭婚姻制度和爱情在女人生活中的中心地位来实现的。《冬天的颜色》质疑了成熟、富有、精通世故的男性改变年轻、收入一般、不谙世事的女性的权力结构。正因为权力结构在他们之间分摊,改变也应该是相互的。它重写了通常对同性欲望以及阶级种族问题的沉默,在结尾质疑了爱情的力量和重要性。

女同性恋言情小说彰显了"正常"的言情小说类型中一些不寻常的存在。然而,虽然它可能在意识形态方面更成功,但在通俗性方面却没有那么普及。爱丽丝·沃克的小说《紫色》在描写非裔美国女同性恋时,比史蒂文·斯皮尔伯格根据该书改编的电影更具有颠覆性,但由于电影更广泛的传播和影响,比原书引发了更多关于非裔女同性恋的文化讨论。《冬天的颜色》和《激情的果实:改写言情小说》是否是成功的女性主义文本依赖于人们对成功这个词的特殊理解,即在颠覆意识形态和争取广泛的读者之间的权衡。这些小说把类型模式挪用到当代文化有关性别的变化的探讨之中,以改变言情小说的话语。这不是爱情类型小说历史上的第一次变化,也不会是最后一次。因为言情小说这一类型一直在关注和评论变化着的女性特质的文化构建,并且这一构建越具有流动性,这个传统模式就越要重写自己。

第五章　女性主义童话故事

第一节　类型历史

欧洲最早的书面故事有 14 世纪薄伽丘的《十日谈》和乔叟的《坎特伯雷故事集》(*The Canterbury Tales*) 等。这些作品中有许多通过讲故事消磨光阴的角色,而大多数这样的角色是女性,或讲述者宣称故事是从女人那里听来的。

1697 年,佩罗的《过去的故事》第一次避开了这样的框架,使故事具有自己的特征。这本书的副标题是《鹅妈妈的故事》。在英国出版时标题为《鹅妈妈的故事》(*Mother Goose's Tales*),暗示这些故事来自农村妇女。佩罗从法国农民那里获取口头故事,发展了童话的形式,并在每个故事后面附上旨在进行道德训诫的韵文(因此是公开的意识形态化的)。佩罗的这些故事面向成人、贵族读者和青少年读者,但他附加的道德训诫主要针对的是青少年,使得这些故事在 16 和 17 世纪成了童年的话语和培养孩子的教育工具。齐普斯曾评论道:"这种话语曾经而且现在还有许多层面的意义:为孩子们写作童话故事的作家们,开展了一场关于价值观和礼仪的对话,这场对话还涉及普遍的社会法规和不同的读者种类。"

杰克·齐普斯进一步指出,佩罗口头故事的文学版本从普遍性的警告和乌托邦式的大团圆结局转变为更社会化的、劝告性的作品。佩罗《小红帽》里的女主角符合当代贵族理想的女性形象:她无助、幼稚、美丽。在某种意义上,她也应该遭到责备,因为她缺乏足够的审慎而最终被狼吃掉了。她脱去衣服,和狼一起钻到床上,并无知而好奇地评论狼巨大的身体。佩罗的《小红帽》警告年轻女孩抵制性掠夺者,控制自己的自然欲望,如果她没有压抑女性的欲望,就会引发可怕的后果。

正如本章开篇所说,佩罗的《过去的故事》是对口头传统的一次文学挪用,他在这个挪用中表现了17世纪贵族的性别意识形态,即有教养的女性是顺从而美丽的,而有教养的男性是主动、机智、敏捷和勇敢的。是佩罗让小红帽成为美丽的、被娇惯的女孩形象。她的红色斗篷在哥特教堂里意味着罪恶和诱惑。佩罗的故事具有一种优雅的理性,它们避开了魔幻的内容,虽然仍带有农民口头故事的印记。他的道德训诫有一种对世俗的讽刺,这很适合他的贵族读者。《林中睡美人》中的道德训诫是:"一个勇敢、富有的丈夫是一个值得等待的奖赏;但没有哪个现代女人认为用一百年的时间来等到一个丈夫是值得的。睡美人的故事告诉我们,约定会带来幸福的婚姻,但现在的年轻女孩急切想结婚,我也就无心再强调这个道理了。"

与早期的版本不同,佩罗的"睡美人"直到与王子结婚后才怀孕。当她的孩子受到王子母亲的威胁时,她的态度仍然是顺从的。佩罗的故事使童话变得十分流行,许多男女作家都写作童话。

一些文学沙龙女性和才女,包括玛丽·让娜·莱里捷、玛丽·凯瑟琳、夏洛蒂·罗斯·科蒙和亨利埃特·朱莉,都创作童话作品。

书面童话历史上第二次具有重大意义的发展出现在18世纪晚期和19世纪的德国,是德国浪漫主义运动的一部分。早期浪漫主义作家如蒂克、诺瓦利斯和歌德写作童话或民间故事的主要目的是为了歌颂幻想和想象的力量,但也有一部分原因是出于对自然的膜拜。后来的作家如布伦塔诺、艾辛多夫和霍夫曼继承了这个传统,批评那些崛起的中产阶级把文化变得商品化的行为。

比如1803年在蒂克的《福文伯格》中,男主人公克里斯蒂安被藏在山下面的一个美丽的仙女和钻石所迷惑,抛弃了成功经营的农场、温柔的妻子和孩子。故事中的其他人物并没有看到什么仙女和钻石,而只看到了一个干巴巴的木头女人和鹅卵石,因此他们都认为克里斯蒂安疯了。在这个故事里,克里斯蒂安的疯狂和幻想是故事的关键内容。后来,霍夫曼的《沙人》更是对资产阶级的生活进行公开批评。在故事里,人们被变成了机器人。德国的浪漫主义作家用这种模式来创造自己具有挑战性和扰乱性的故事,以此来批评德国发生的文化变化。

相反,19世纪早期格林兄弟收集的德国原创民间故事,是民族主义者统一德国的努力的表现(德国于1871年统一)。这些德国口头故事被用来显示一种特有的德国民族精神。证据再一次表明,大多数故事是从女性那里收集来的。

格林兄弟在1812—1815年和1819年的两卷本《儿童与家庭童话集》还关注成年读者,但特别为孩子们出版了一个缩写本。雅各布·格林和威廉·格林继承了佩罗发展的童话形式(事实上他们的版本是至今为止传播最广泛的一种)。和佩罗一样,他们不只是抄写口头故事,还通过改变或删除他们认为不适合国内读者的内容,把它们改写成符合当时意识形态和文化期待的故事。《儿童与家庭童话集》有很多修订版和新版,从最初不加修饰的故事发展为精心制作的、更具文学性的作品。其中有很多例子可以证明他们压制了某些方面的内容而宣扬了那些更容易被接受的资产阶级的和父权制的观点。然而,作为德国浪漫主义传统的一部分,他们更注重黑暗、具有扰乱性的和魔幻性的方面,这是17世纪佩罗的理性观点所摒弃的。

经过汇编和分类,格林兄弟的《儿童与家庭童话集》收集了超过200个故事。口头故事没有地理界线,因此许多为了发展民族认同意识而收集的故事实际上来自法国或意大利。其中的一个故事是《小红斗篷》,格林兄弟把它改为《小红帽》。格林兄弟的《小红帽》版本删除了佩罗所在的年代里对性的宽容成分。故事中的小红帽仍是受责备的,但这次是因为违反顺从和破坏承诺:在答应妈妈不会去采花后,她偏离了应该走的路去采花。正如齐普斯在《小红帽的磨难》中指出,在更具资产阶级性质的文化里,因为女性和儿童的缘故,性的内容被删除,违背合约的行为变成了罪过。在故事中小红帽没有脱掉衣服和狼一起钻到床上,而是被跳起来的狼吃掉了。格林兄弟重新为故事创造了一个大团圆结局。这个结局取材于另一个民间故事《狼和七个孩子》。一个猎人割破狼的肚子,救出了小红帽和她的外婆,然后把狼的肚子塞满了石头。于是女人被男性拯救了,而这个男性有力量战胜自然。

这个故事还有另外一段,女孩和外婆联合起来战胜了另一只想引诱小红帽的狼。虽然从女孩的行为可以看出她吸取了教训,但也确实表现了在顺从的女孩的帮助下,外婆以智取胜。代与代之间的延续,被力量的成功联合所取代,只要女孩是顺从的。格林兄弟没有强调女主角外表的美丽,她是可爱的而不是漂亮的,仍然无助、幼稚和胆小。格林故事关注的主题,不再是佩罗的故事中那种关于性和惩罚,而是变成了社会规则。考虑到这些道德因素,我们也就不难理解为什么从1850年起格林兄弟的《儿童与家庭童话集》成为部分普鲁士小学的教学纲要的内容了。

虽然佩罗和格林兄弟的故事在传统的童话类型中占支配地位,19世纪的童话类型仍取得了很多进展。汉斯·克里斯蒂安·安徒生于1837—1875年在丹麦专门为孩子编写了一本包括156个童话的丛书,这本书让他闻名遐迩。安徒生出生在农民家庭,被一个中产阶级家庭抚养长大,这个家庭发现和培养了他的才能,后来他一直为丹麦国王服务。在故事《丑小鸭》和《打火匣》中,处于社会底层的主人公遭到羞辱,但通过努力和坚持,他们真正的价值得到赏识并被奖励进入上层社会。和早期为孩子们写的故事一样,这些都是社会化的故事,符合19世纪资产阶级价值观。女性角色都特别不爱抛头露面并举止得体,就像《海的女儿》中的女主角那样。如果她们不符合以上的举止规范,就会像《小红鞋》中的女主角那样因为不当的行为而受到惩罚。

奥斯卡·王尔德于1888年出版了童话故事选集《快乐王子故事集》。王尔德的母亲斯普羊萨在当地收集爱尔兰民间故事,他的医生父亲常把从贫苦的病人那里听到的故事当作治病的报偿。这样的经历可能解释为什么王尔德的童话对安徒生的思想和墨守成规的故事进行直接批评。王尔德的《星童》和《渔夫和他的灵魂》与《丑小鸭》和《海的女儿》直接对立。王尔德的故事公开批评了安徒生童话中过于简单化的道德训诫,通过打破规则对当时的社会进行了质疑。评论家分析他的故事时发现,它们拒绝盲从因袭的态度,主张接受不同的思想。如《快乐王子》严厉批评了只顾自我满足而不顾穷苦人民生活的镇子上的管理者,并拒绝给这种社会不公平以团圆的结局。在他的故事里好人得不到赏识。和佩罗的故事不同,王尔德采用不好的结局,不是为了告诫人们去遵守为社会所接受的行为,而是为了质疑管理者两面派的做法和社会不平等的现状。

安德鲁·兰格在《红皮童话书》之后,发表了《蓝皮童话书》。他是19世纪末期4位主要童话作家之外又一位将童话发扬光大的作家。在英国,兰格继承了佩罗和格林兄弟的经典传统,作品最初没有偏离标准的道德训诫。然而,阿丽森·卢里叶指出,兰格后期的选集产生了一定的变化。卢里叶认为《红皮童话书》中没有关于活跃的女性的故事,为了继续取得成功,后来兰格不得不加入他从民俗学者那里收集来的关于活跃的女主角的故事。玛丽娜·沃纳进一步指出,兰格曾用一组女性编辑、抄写员和改写者来汇编这些书籍,而且他依靠他的妻子利奥诺拉·阿莱恩的帮助完成了后期的书籍。

从 17 世纪末期童话类型开始有书面形式起到 19 世纪末期,童话故事的创作可以分为两支:一个是抄写口头民间故事作为通俗文化的记录,要求有一定的真实性;另一个是用童话故事的形式来改写原创故事,更注重文学性和美学性。这两个分支不是完全对立的。研究者们对格林兄弟三个版本的故事进行分析发现,他们的故事从早期的不加修饰,逐渐变得更为精致,更为注重文学性。

童话类型的历史是一个不断适应现实和不断被挪用的历史。和任何其他文化产品一样,它是所在时代复杂的文化争论的一部分。童话因为主要面向孩子,被看作是社会驯化的作品类型,因此公开地承载了传播启蒙意识形态的功能,不管此类故事是"抄写"民间故事还是新创作的童话。面向成人读者的故事更关注美学元素,而且通常更具有颠覆性和争论性。但是在面向孩子的故事中,如王尔德的故事,也有一些不是那么墨守成规。

回顾童话类型的历史,可以看出公开的道德训诫总是备受争论。每个文化都用自己的一套准则来压制早期的实践,这些实践的某些方面可能在童话故事中魔幻和神秘的内容背后隐藏或沉积了下来。佩罗的故事重写了来自农村的主人公的自主和力量,尤其是女主人公们。格林兄弟进一步挪用了早期故事来表现 19 世纪中产阶级关于良好行为规范的概念。德国浪漫主义作家以及王尔德写作的故事是对这一类型经典规则的讽刺,他们批评并重新挪用这一类型,使它的形式有了新的发展。因此,可以说每个历史时期都塑造和改变了童话这一类型,以满足这一时期特定的文化需要和期待。

第二节　女性主义对童话故事的批判与影响

自从 20 世纪 70 年代开始,女性主义评论家对童话故事采取了两种批判立场:一种认为童话故事与父权社会的意识形态是串通一气的;另一种认为童话故事是不同意识形态交锋的场地。女性主义批评家安德里亚·德沃金指出,那种最让人耳熟能详的童话故事都强化了父权社会的模式化观点。而另一些从事女性主义童话故事创作和研究的作家和评论家却认为,尽管父权社会对某些童话故事采取了鼓励和推崇的态度,但从更宽泛的范畴来看,仍有不少童话故事彰显了勇敢、积极的女性形象。

在 20 世纪 70 年代末期,对童话的批评的一个倾向是,许多批评家开始将童话的阐释作为女性声音和思想的代码。有些批评家从心理分析模式入手,如吉尔伯特和格巴在 1979 年,舒利·巴塞拉在 1999 年都发表了相关的研究结果。有些批评家则采用历史研究的角度,如玛丽娜·沃纳和希瑟·里昂。在 20 世纪 90 年代,对于童话到底是父权意识形态的同谋还是对手的争论一直都在进行,比较典型的例子是安吉拉·卡特的研究者们对她的《血屋》(*The Bloody Chamber*)的不同批评立场。

1970 年,阿丽森·卢里叶在《纽约书评》上发表了名为《童话解放》的文章,她明确地指出兰格的那些具有颠覆性的童话是献给女孩子们的一份礼物,因为童话"支持的是弱势群体的权利——孩子、妇女、穷人,反对的是既有的秩序,尽管这经常是以乔装掩饰的方式来表现的"。卢里叶认为,过去很多女性主义者将童话看作男性沙文主义的洗脑工具,而华特·迪士尼公司正是倾向于选择那些有着温顺被动的女主角的童话。因此这一类型的童话在美国最为人熟知。但实际上,在欧洲的许多童话中,却能找到女性主义者所赞同的颠覆性的文学因素。她还指出,在童话中存在着许多积极进取的女主角,还有许多强势的巫婆和继母。由于童话的女性口述传统,女性自然就成为童话中的中心人物,而童话所关注的事物也自然是与女性密切相关的家庭关系、工作和生存问题。由于童话不断地被中上层社会的男性所编撰,因此他们在筛选过程中剔除了表现女性的积极方面的童话。但是,有一些童话故事集能够更全面地反映足智多谋和勇敢进取的女性形象,例如安德鲁·兰格后期编辑的童话集(主要由他的夫人完成)就是一例。应该说,卢里叶的文章涉及了许多女性主义者争论的议题的雏形。

1972 年,玛西娅·利伯曼对卢里叶认为兰格的童话是对女性读者的鼓励这一观点提出质疑。兰格在一生中编撰了许多童话故事集,为了让童话故事集能够成为一个系列成功地出版,他不得不四处去搜罗新的故事,这样做的结果自然就是把一些表现积极的女主角的故事也包括进来了。利伯曼从兰格早期编撰的童话故事集中发现并分析了父权意识形态主导下的性别模式,女性的被动得以称赞,而男性的主动得以宣扬。作为女性主义运动第二次浪潮中对童话故事发起女性主义评论的先导者之一,利伯曼在《我的王子将有一天会到来》中对童话人物的分析,成为20 世纪 70 年代女性主义童话批评的主流。她将兰格童话中的女性人物分成年轻和年老的两类。年轻的女子如果漂亮而且温顺,那么就会得到报偿。但如果她们模样丑陋,就会被塑造为脾气暴躁的角色。因此,美貌变成了一种值得去追求的道德属性,而那被有幸被选中获取胜利果实的女孩子是"她们中最最美丽的"。年轻女孩大多都处于被动状态,等待着拯救和报偿;而她们中有许多人是受害者,这无疑是对殉难的美化。在童话故事的这一套体系中,年轻女子获得报偿所涉及的因素有:外貌迷人,被人拯救,通过(嫁给王子的)婚姻提升社会地位等。与此相反的是,年老的妇女通常很主动,甚至很强大,但她们无一例外都被叙述成其貌不扬,甚至是面目可憎。童话当中也有少数善良、能干的女性,但她们都是遥不可及、转瞬即逝的仙女,对读者缺乏现实性的激励作用。那些坏女人,不管是妖怪还是凡人,都绝对是丑陋的,而丑陋本身就是对她们的邪恶的解释。利伯曼得出这样一个结论:童话故事为女性读者提供了一个两分模式——年轻的女性被动、温柔、漂亮;年老的女性主动、邪恶、丑陋。由于许多女性主义者认为女性读者在阅读童话故事时,往往都会忽略童话中的离奇、神秘的成分,而将更多的注意力放在与女主角的认同上,所以利伯曼对童话故事的女性主义阐释对后来的评论家产生了很大的影响。

安德里亚·德沃金(Andrea Dworkin)在 1974 年发表的《女性仇恨》(*Woman Hating*)中,进一步推进了利伯曼的观点。她同样认为童话强化了父权社会的意识形态,格林和佩罗的童话告诉女孩子们,女性特质是通过胆怯与害怕来表现的。

寓意都是很简单的,我们早就已经很清楚了。男人和女人是不一样的,是绝对相反的两极。英勇的王子绝不可能与灰姑娘、白雪公主或者睡美人有什么共通之处。她不可能完成他去做的事情,更别说完成得更好了。他是主动的,而她是被动的。如果她是屹立着的,或者醒着的,或者主动的,那么她就是邪恶的,必须被摧毁。

德沃金把这种任意施加的法则,看作是对反叛或异议的惩罚:"对女人的定义有两种:好女人是受害者,坏女人一定会被消灭;好女人一定会被拥有,坏女人一定会被杀死、被惩罚或被废除。"

在德沃金看来,童话故事并不是让人理解社会或者促使社会变化的武器,而是散发给孩子们的寓言故事,让他们开始认真地考虑如何适应社会强加给他们的种种角色,尽管这并不见得合他们的心意。

1973 年,女性主义评论家李·卡瓦勃拉姆发表了激进女性主义的评论《灰姑娘:激进女性主义、炼金术士》。她在文中将灰姑娘看成一个女性主义的模范,灰姑娘拒绝与她的姐姐一样采取竞争性的、机会主义的行动,而是巧妙地避开了厨房和壁炉的家务之累。卡瓦勃拉姆认为,灰姑娘将"王子"看成她的内心力量的象征,是一个成功争取到自己的性活动的独立女性。

凯·斯通则从 20 世纪美国社会历史角度分析了童话故事中的性别模式化描写。她在 1975 年对美国童话故事进行的研究中发现,美国最流行的童话正是宣扬温顺女主角的那种类型。事实上,在蔚为大观的格林兄弟童话故事集中,只有 25% (甚至更少)的故事为美国儿童所了解。格林童话中,只有 20% 的故事表现的是被动的女主角,但这些故事却占了北美童话的 75%。她认为《灰姑娘》的故事之所以广泛流行,是因为女主角超常的善良和耐心;睡美人和白雪公主则被动到了需要被男人来唤醒的程度;而《牧鹅姑娘》和《六只天鹅》中的女主角非常纯真,成了野心勃勃的邪恶妇人设计的阴谋的牺牲品。这种被动、善良和耐心的美国角色模式被华特·迪士尼进一步强化。斯通认为,迪士尼选择《灰姑娘》《睡美人》和《白雪公主》这三部电影表现被动而漂亮的女主角被恶妇所毒害,绝不是偶然的。在迪士尼看来,男主人公之所以取得成功,是因为他们采取了行动,克服了困难;而女主人公已经很完美了,因此她们需要的仅仅是维持原状(一张漂亮的脸蛋,一双小巧的脚,一副可爱的性情)。在《睡美人》原著中,王子趁着睡美人熟睡之际让她怀孕了,而迪士尼却在电影里回避了这一点。因此,斯通认为在美国的 20 世纪 50 年代和 60 年代,童话故事主要被用来强化父权意识形态,但实际上童话故事中存在着大量自主独立的女性形象,只不过被人们忽略了。

在英国,希瑟·里昂在为公开大学开设的"文学与学习"一课中也呼吁人们对童话故事的理解应该加入更多的历史意识。在《对童话故事中的性别主义的再思索》一文中,她指出过去女性主义对童话故事的摒弃是由于缺乏理解造成的。她总结了女性主义对童话的争论后指出,实际上童话中主动的和被动的女主角兼而有之,这取决于哪些童话被挑选出来,而过去那些被动性别模式之所以成为童话中的经典,正是由于出版干预的结果。同时,同一个童话,由不同的人来述说也会产生很大的影响。有时候,女人给女性听众讲述的童话故事里,会出现极其愚蠢的男人这样颠覆性的角色,这很有可能是女性的一种自我中心的表现,而不是要跟男人势不两立。"这种讽刺是带着爱意的、含蓄的,而从女性主义的观点来看,这正表明了也许世界并不完全由能干的男人和不能干的女人构成,它也有可能是由同样愚蠢和容易犯错的凡人构成的。"

里昂继续讨论"讲述角度"这个主题,认为虽然一些童话是嫌忌女人的,但是讲述方式决定了嫌忌女人的程度。她以《渔夫和他的妻子》的两个版本为例:第一个版本中妻子是贪婪的,过分苛刻的;而第二个版本描写了她强烈的愿望,是对男权制礼仪的挑战,厌女症在故事中的表现没有口述版本中那么强烈。她总结认为,女性主义者不仅应该写作新的童话,还应该讲述旧的故事并赋予它们新的女性主义的含义。

20 世纪 70 年代末,桑德拉·吉尔伯特、苏珊·格巴和卡伦·罗伍等人都关注童话的吸引力,并引用贝特尔海姆的理论作为讨论这种吸引力的基础。1979 年,桑德拉·吉尔伯特和苏珊·格巴出版了很有影响力的著作《阁楼上的疯女人》,其中有一个章节叫《皇后的镜子》。在这一章中她们讨论对童话进行心理分析的可能性以及那些描述女性文化密码的神话。吉尔伯持和格巴援引贝特尔海姆对皇后和白雪公主争夺国王/父亲宠爱的描述,认为皇后"自恋地"转向镜子事实上是转向对父权制的认同。她们指出皇后对白雪公主过度的愤怒情绪可以从其他角度来解释,认为活跃、有想象力的皇后象征了那些想要摧毁神话中软弱无能的白雪公主形象的作家,代表了在排斥女性的文化里的一种反抗力量。在象征女性无私的玻璃棺材和反映父权制的镜子之间,女性作家必须开辟一条写作的路。吉尔伯特和格巴认同早期女性主义者采用的天使/魔鬼两分法,但认为需要采用更复杂的心理方法来分析女性。

同年,卡伦·罗伍在一篇文章《女性主义与童勋》(Feminism and Fairy Tales)中指出,童话爱情主题在女性杂志中是经久不衰的。她借助贝特尔海姆对青春期女孩对独立和童年安全感的矛盾的渴望的讨论,来分析作品中邪恶的巫婆(阻止成熟)和减轻这种焦虑的仙女教母(养育)形象。贝特尔海姆还指出,年轻女孩必须把她对男人的性的厌恶转变为浪漫的承诺。罗伍接受贝特尔海姆对童话进行心理分析的内容,突出阐述了女性角色自我牺牲和直率的特点,以及文本中对顺从这一品德的赞美。罗伍总结认为童话是危险的,因为它们在讲述女孩子们对变成女人的焦虑的同时,也灌输了将女性自我史成附庸的意识形态,使她们把婚姻看成是残酷现实生活的避难所。罗伍认为童话所表现的这种浪漫神秘表达了女性对男人和婚姻的期待,而不是她们的实际经历。

20世纪80年代的童话批评的主要发展不是对童话的评判分析,而是出现了大量将童话和讲述神秘女人(智慧的女人或女神)的神话联系起来的书籍,并出现了分离主义者的立场,即把故事看作是象征迷失的女人的声音。派翠西亚·摩纳罕的《关于女神和女主角的书》,西尔维亚·布林顿·佩雷拉的《女神的发展》,玛尔塔·维格勒的《蜘蛛和老处女:女性与神话》,以及芭芭拉·沃克的《女人关于神话和秘密的百科全书》都是这类书籍的代表。

20世纪90年代对童话的分析不是从女性主义者的角度,而是"以女性为中心",这段时期可以被定义为"后女性主义者"时期。舒利·巴塞拉主张对《白雪公主》进行以女性为中心的心理分析阅读,而玛丽娜·沃纳的书《从野兽到美女:关于童话和它们的讲述者》主张对童话进行以女性为中心的历史分析。可能是因为注意到了这个趋势,伦敦布鲁斯贝利出版社于 1990 年以《别告诉大人们:颠覆的儿童文学》为标题出版了阿丽森·卢里叶早期散文的选集。

1990 年,巴塞拉的《阅读"白雪公主":妈妈的故事》发表在很有影响力的女性主义杂志《征兆》上。文章反对贝特尔海姆对白雪公主进行心理分析的方法,因为他把父亲形象放在重要的位置上。它也反对吉尔伯特和格巴的女性主义心理分析阅读,因为她们忽视了关键的母女关系。巴塞拉发现以上两种解释都把男性生殖器形象或男性统治置于女性冲突的中心,她认为如果他们忽视了故事的基本元素,他们的阅读就不可能是透彻的。在对一系列《白雪公主》类型的故事进行分析后,她指出虽然这个故事的许多方面在其他童话中都有变化,但唯一不变的是年老的母亲形象和年轻女孩之间的嫉妒和战争。

巴塞拉认为《白雪公主》表达了母女关系出现偏差时的固有难题。她把这看作是母女两人分离焦虑的一个方面,认为皇后最初经历了成为母亲的愿望的满足,然后当 7 岁的孩子不再听话、希望独立时,她就变得残酷了。巴塞拉运用拉康的心理分析法,认为皇后重新经历了"镜子"阶段,当女儿与她意见相左时,她失去了全局意识。孩子的分离带来了与衰老有关的联想,因此皇后的镜子不是父权制的声音,而是她自己分离焦虑的反映。皇后对白雪公主的诅咒是让她返回到顺从的婴儿时代的一个方法。在这样的阅读中,巴塞拉认为《白雪公主》是一个探索女人之间关系的故事,是没有经过男性形象干扰的。

1994 年,玛丽娜·沃纳在《从野兽到美女:关于童话和它们的讲述者》一书中,以社会历史分析的角度去阐释童话故事。这本书的前半部分审视了这一类型的"讲述者",用材料证实童话来源于女性并探索女性作为讲述者的形象。虽然男性可能在书面形式的故事中占主导,但故事来源于女性。沃纳还建议重新思考当女性是讲述者时,童话可能会出现怎样不同的样式。该书的第二部分讨论各种故事的意义或故事内部的主题,在《灰姑娘》和《睡美人》中审视了女人之间竞争的关系,在《蓝胡子》和《美女与野兽》(*Beauty and the Beast*)中探索了爱情元素。这本书还讨论了童话中"金发女子"的意义以及许多女主角的沉默处境。沃纳反对千篇一律的心理分析,提倡关注物质特性的新的历史视角。她认为童话表现了人类的行为是如何植根于物质环境、嫁妆风俗、土地占有、封地管辖、内部等级和婚姻制度。虽然沃纳反对心理分析阅读,但沃纳对故事的分析与巴塞拉的考虑十分相似。《从野兽到美女》在分析邪恶的后母这一形象时,也认为故事表达了女性的忧虑和幻想。

这些故事讲述的经历是女性所记得的、实在的经历……它们根植于婚姻和家庭的社会、法律和经济历史中。它们都是现实生活的真实反映:如果你承认鹅妈妈的故事作为老妇人的故事是女性的证言,那么你就会听到故事中婆媳之间的紧张、不安全感、嫉妒和愤怒,还有来自不同家庭的孩子们的脆弱。当然,女人和女人斗争是因为她们希望将自己孩子的利益置于其他人的孩子之上;妻子和母亲对男性持家者的经济依赖加剧了并仍然在加剧着对自己骨肉的偏爱。但另一种情况也会引起女人之间的战争,嫌忌女人的童话从女性的角度反映了这种情况:争夺王子的爱。

沃纳和巴塞拉都严厉地批评了女性主义者把童话"贬损"为性别范式的工具的做法。她们的研究对后来的女性主义批评的发展都有益处。沃纳和巴塞拉不是反对女性主义,而是认为早期女性主义立场比较狭隘,不利于进行有效的分析和提出新的研究方法。

20 世纪 70 年代和 80 年代,女性主义小说家承担起了挑战传统童话的重任。在这期间,她们既重写经典故事,也创作新的故事来挑战父权制并提出新的女性主义观点。一些作家如简·约伦和安六拉·卡特对童话的历史比较了解,而其他作家在重写童话时对格林兄弟或佩罗的理解只是停留在表面。一些作家面向青少年读者,而另一些作家关注成人市场。总体上,孩子们的故事关注活跃好胜的女主角,而成人文本关注男女角色之间的冲突并更广泛地批评社会的女性特质构建。

1971 年,美国诗人安妮·赛克斯顿发表了《变形》,以诗的形式重写了格林童话(如《小红帽》和《灰姑娘》),并赋予其现代经历的框架。她的诗质疑了这些故事对我们的意识的慰藉作用,揭示了它们怎样限制了女性的期待。同年,英国作家坦尼斯·李发表了《龙的秘藏》,之后又发表了《海查地王子和一些其他的奇事》,都是主要针对孩子们的文本。她为成人重写的《红得像血或来自格雷梅姐妹的故事》发表于 1983 年。1974 年,创作了大量幻想作品的美国作家简·约伦开始创作系列童话,包括《对着花哭的女孩,月亮绶带和其他故事》《第一百只鸽子》《织梦者》以及《睡美人》。幻想小说、科幻小说和其他推测性质的小说的作家似乎与童话类型产生了共鸣，例如乔安娜·露丝的幻想小说《可塔体尼》中的一部分内容包含了对《海的女儿》的批评。类似的作品还有 1983 年厄秀拉·勒瑰恩的《妻子的故事》。

　　1977 年，在安·汤姆佩特为孩子们创作了《聪明的公主》的同时，奥尔加·博洛飞斯继承了安妮·塞克斯顿的做法，将童话用在她更直率的诗篇《开始于 O》中。两年后，安吉拉·卡特在英国发表了《血屋及其他故事》，她的作品中包含了从幻想和哥特小说中借鉴来的推测性的描述。因为其中直白的色情内容，美国 1981 年版本将其命名为《血屋及其他成人故事》。

　　在作家们或多或少出于女性主义的目的使用这一类型的同时，出现了许多公开的女性主义组织，如马其赛特郡童话集体于 1978 年发表了《小红帽》《小猪倌》和《白雪公主》；爱尔兰女性主义者童话集体发表了《拉普兹尔》《玛菲特女士》《疯狂和坏的童话》《哭泣的美人》和《舞会上的灰姑娘》。

　　一些女性主义编辑也出版传统故事选集，突出颠覆性的女主角，既面向孩子也面向成人。1980 年阿丽森·卢里叶主编了《聪明的格雷琴及其他被遗忘的民间故事》；1982 年乐迪·科廷·波格列宾主编了《为自由的孩子所作的故事》。女性主义出版社——女英雄出版社发表了《女英雄童话故事》的合订本，第一版由安吉拉·卡特于 1991 年主编，第二版开始由卡特主编，在她去世后由玛丽娜·沃纳于 1992 年完成。

第三节　案例分析

一、对正统童话性别范式的挑战

简·约伦是一位多产的作家,也是幻想小说和儿童故事的编辑。《光明姐姐,黑暗姐姐》的封面上宣称这是她的第 100 本书,而在此之后她还不断有作品问世。她以童话为基础,既创作小说,也创作非小说作品。1992 年的《野蔷薇》实际上是一本成人小说,把睡美人放到了二战和大屠杀的背景中去。《接触奇幻:儿童文学中的幻想、童话与民间故事》是非小说作品,提出用神话来丰富我们的生活。这本书的第一部分是《故事和讲述者》,介绍了佩罗和其他作家传抄的口头民间故事,并区分了佩罗的抄写本和安徒生的文学或艺术故事。这个区别在第二部分《接触奇幻》中被用于她自己的作品中,她认为自己的作品是民间元素和原创主题的融合,正是这种融合创造了文学故事。有趣的是,她认为灰姑娘在原创童话中更活跃,并指责华特·迪士尼创造了一个无助、不幸、可怜、无用的女主角,因此这个故事被大众误读,并可能永远失去了真正的意义。

《月亮绶带及其他童话》(*Moon Ribbon and Other Tales*)(以下简称《月亮绶带》),是一本儿童故事书,其目标市场是 10 岁以下能够流利阅读的孩子。这本书在献词中注明是献给这个时期美国许多重要的女性主义者,如戴尔、南希、舒拉密斯和莫迪·夏娃。这本书的一大优点在于它再现了魔幻和幻想的情节,这是女性主义重写作品中常忽视的元素。叙述中展现了看似真实的和扰乱性的围索,它们使魔幻区别于现实,并在其中植入女性主义幻想。一些故事是对早期童话的重写:《月亮绶带》取代了《灰姑娘》,《玫瑰孩子》取代了《拇指姑娘》,《日月无光》取代了《睡美人》,以及《月亮孩子》取代了《丑小鸭》。虽然书中没有明确提到这些挪用,但了解到这一点会使读者对故事意义的理解更加透彻。

1977 年,当女性主义对性别范式的批评占主导地位的时候(如利伯曼和德沃金批评童话中对顺从的表现)，简·约伦的故事悄悄地挑战着对两性的传统期待。她进一步将魔幻作为女性智慧和"不同的"知识的象征，尤其将月亮作为象征女性和其他传统的标志，这一象征在 20 世纪 80 年代被许多持本质主义论的女性主义者所采用。

书中的两个故事讨论了当代女性主义者关注的"美丽"的问题。《月亮绶带》中的女主角希尔娃其貌不扬，作者通过她的故事探讨了美丽之于女性的重要性的问题。在《日月无光》中女主角是美丽的，但故事主要表现的却是王子的美丽，这就打破了这一类型传统的性别期待。《日月无光》接受对"美丽"的表现，而《月亮绶带》则拒绝表现"美丽"，但两个故事都讨论了它的用途，希望引起人们对童话这一类型所表现的传统观点的警醒。

在《月亮绶带》中，希尔娃的房子属于她妈妈，直到她妈妈去世才转交给了爸爸。这与她遗赠给女儿的月亮绶带同属于母系传统(同样，希尔娃会为她的女儿保存它)："这是一条奇怪的绶带，它带着月光的颜色，因为它是用她妈妈和她妈妈的妈妈和她妈妈的妈妈的妈妈的银发织成的。"故事开始时对希尔娃的构建是一个有爱心的、善良的和温顺的女孩。她丝毫不抱怨继母和异母的妹妹的虐待。她被当作用人使唤，并被强迫睡在厨房的地板上，后来又在外面和动物睡在一起。通过月亮绶带的魔力和银发的妇人，希尔娃认识到顺从就意味着受剥削——"除非你愿意给予，否则谁也别想从你这里拿走……总是有选择的。"故事结尾表现了她的勇敢、独立和自信。因此，与灰姑娘不同，她有着自己的想法，能够反抗不公正的继母，并战胜了三个对手，在妈妈的房子里获得了本来就属于她的位置。

《日月无光》中有一个与希尔娃相似的女主角，虽然这个女主角不需要学习怎样变得坚强和勇于进取。与女孩形成对比的是，男人都很胆怯和迷信。其中一个预言说，如果王子的美貌被太阳看到的话，他就会死去。公爵的女儿维嘉不相信这个迷信，认为它是没道理的："太阳没有害处。它滋养大地，让所有生物成长。"她勇敢地挑战国王和群臣，获得奖赏并嫁给王子。在这个重写的作品中，男性成了对女性进取心的奖赏品。白天她想和丈夫待在一起，于是巧妙地把王国里所有的公鸡都关了起来，这样它们就不会警告王子不让他接近太阳。在这个故事里，女性不仅机灵、聪明，而且在性方面是积极的。然而，她无法改变男性的迷信。王子一接触到太阳就倒在地上死了,伤心的维嘉揭示了这个故事的道德训诫:"有时候,我们所相信的,比事实还要强大。"早期的童话会惩罚这种年轻女人的任性和诡计,但这个故事改变了这样的结尾,而是将女性的理智和勇气与男性的缺乏理智进行比较。这个道德训诫把"信念"作为文化构建,与现实进行对比。这个故事所涉及的不仅仅是角色转换,它还表达了性别构建的流动性。

在故事《蜂蜜和枝条制成的男孩》中也能发现相似的内容和主题。在这个故事中,丈夫墨守成规,对蜂群灵魂的统治充满恐惧,而妻子有胆量说出自己的欲望,并独自从枝条和蜂蜜中创造了一个儿子。这个男孩很有教养,本性可爱,富有自我牺牲精神。这个文本在人物之间的交流中凸显了新的性别构建:"谁说男孩才是可爱的?"老人生硬地问道。"所有人都应该是可爱的。"女主人公回答道。蜂群的灵魂欺骗老人使孩子溺水后,女主人公没有像读者期待的那样刻薄地指责老人[比如佩罗的《三个愿望》(Three Wishes)中纠缠不休的妻子]。故事再一次改变了传统童话中的性别偏见,因为女主人公豁达地面对了生活的变故:"这是让人伤心的,但不是悲惨的。因为她亲爱的丈夫还平安地活着,她还有回忆,很难说她最看重的是什么。"

这种积极向善的女性形象在短篇故事《玫瑰孩子》中也有提及:一个老妇人发现玫瑰里有一个很小的婴儿,她问三个有权威的男性应该怎样照顾这个婴儿。这些男人都不能直接回答她,只顾自己思考这个问题,使她得到了错误的信息。但她自己渐渐用心体会到了怎样照顾这个婴儿,就像后来这个女孩照顾她一样。这个故事温和地嘲讽了父权制对女性的误解,以及它对女性彼此之间照顾和养育的能力的阻碍。

最后一个故事《月亮孩子》更具有指责意味。男人们是迷信的,他们崇拜太阳并恐惧黑暗,包括斯沃特伍德的森林。莫娜对森林里的奇观感到很新鲜,还给孩子们看她带来的月亮花和月亮石,但大人们把她赶出了村庄。整个社区都不接受莫娜,因为她和别人不一样,并引起了大家对她的恐惧和迫害。莫娜在森林里过着自给自足的流亡生活。这与以男性为中心的充满迷信和恐惧的社区生活方式形成直接对比,女性作为"他者"被构建为勇敢、自主并能够辨明是非的形象,因为她拒绝父权制的视角,并拒绝接受因为和别人不一样(并跨越界限进行创新)而受到的守旧者的迫害。

　　除了这 5 个对正统童话性别范式的挑战外,约伦还创作了一个不同的故事。《在某个时候》中的主角是男性,他很有进取心,勇于探险,而女性是更正统的形象:"一个可爱的姑娘,阳光为她梳理秀发,她的双手是用来推动摇篮的",她和男人一起安居乐业。就这个故事本身而言,它很容易被认为是与男权中心的价值观相串通的,但如果将其置于其他 5 个故事的背景中,可以看出它试图创造正面的男性角色,以包含多种读者立场,并拒绝男性为中心的性别范式。

　　约伦故事中的家庭结构是一系列不同的、可行的关系,这种结构并不是表现理想的美国核心家庭模式。《日月无光》中只有父女或父子关系,是对公共标准和行为的观点的挑战。在《蜂蜜和枝条制成的男孩》中,小孩是女性从木棍和蜂蜜中创造出来的;在《玫瑰孩子》中,老妇人在一朵玫瑰里发现了小女孩。尽管两个故事中的母亲都精心地养育了孩子,但她们和孩子都没有血缘关系。《月亮绶带》中提到的主要关系是贪婪的继母和继女之间的关系,这与常规的母系姊妹的等级制度不同。在《月亮孩子》中,父母和孩子有血缘关系,但他们躲避自己的女儿并合谋赶走了她。约伦的童话讨论了家庭关系,并展现了一系列与常规不同的家庭关系。除《在某个时候》这个非典型的故事,其他故事都没有把核心家庭当作是一种理所当然的安排。

　　约伦对魔幻故事的创作是建立在塑造女性作为"他者"的基础之上的,为展现女性能力提供了可能,这尤其表现在用月亮作为象征的两个故事里。两个故事中不确定的中间状态,与男性角色创造的确定的迷信界限完全相反。第一个故事中的月亮绶带被描写为"既粗糙又光滑的",它能神奇地变成一条河,把主角载到一个她不确定是做梦还是死了的地方。在"那座既像又不像她已经离开的"房子的门口,希尔娃"害怕敲门,但同样不敢不敲"。女孩产生这些矛盾的一部分原因是因为她在冒险开始时缺乏内在的力量。当她获得越来越多的勇气和独立,她的矛盾就会越来越少。故事中的其他方面也模糊了确定的界限,这在塑造有魔力的银发妇人这一形象时最为明显。当希尔娃仍然胆怯时,这个妇人就像是她的妈妈;当希尔娃变得更坚强时,这个妇人则像是她的姐姐。在她的陪伴下,希尔娃变得对现实更有洞察力,更积极地创造自己的命运。

《月亮孩子》对斯沃特伍德森林奇观的描述也是充满了相似的矛盾:"有一个地方……在森林深处,不是黑夜也不是白天,在那里阳光和阴影相遇并以不断变换的方式共舞。"充满恐惧心理的守旧社区毁掉了莫娜的礼物并赶走了她,但他们无法让孩子们忘记她曾经的印记。故事强化了她存在的力量,很多年以后,孩子们仍然在森林里寻找她:"她总在很远的地方等待,在穿过黑暗的地方,在那里阳光和阴影相遇并以不断变换的方式共舞。"

童话以简单的形式表达了女性特质的流动性,对顺从社会道德规范的做法的摒弃以及对等级差别的淡化。故事中关于矛盾的描写,很明显与女性特质和女性对世界的看法有关,在表现差异的同时并没有排斥固有的理性。约伦的故事面向青少年读者,以易于理解的形式表现了复杂的英美女性主义理论和观点。它对读者立场表示了疑问,而不强调任何公开的道德训诫。

二、赋予女性欲望主体地位的童话版本

著名英国女作家安杰拉·卡特的作品《血屋及其他故事》显然是对童话的重写。安吉拉·卡特对童话的兴趣开始于20世纪60年代早期民间音乐在英国兴起的时候。那时她正在布里斯托尔大学学习中世纪英语。童话的两个鼻祖——乔里和薄伽丘是她最喜爱的两个人物。1977年她为格兰茨出版社的儿童书系列翻译了《查尔斯佩罗的童话》,在书的前言中赞扬了佩罗那种温和、愤世嫉俗的写作风格。她对佩罗的一生,以及他创作的故事的文化背景做了详细的描述,并把"简单粗俗"的原创口头版本和佩罗"应用理性"对它进行的改写做了对比:她又把佩罗的讽刺和理智的风格与后来格林兄弟神秘、狂想的风格进行了对比。在前言中,她认为佩罗的版本忽视了《小红帽》中许多困扰性的、阴暗面的和性方面的内容:

我们不要费尽心思去探讨施虐受虐的神秘,我们必须在解释这个世界之前,学会如何对待它。一些使用心理分析方法的现代学者倾向于忽视或指责佩罗,因为他将一些带有困扰的、顽固的特征融入举止良好、有良知的形象中去,以至于他们不再让人觉得是具有困扰性的。

20世纪90年代,在第一卷《女英雄童话故事》的序言中,她讨论了童话和民间故事的历史和本质。她认为童话是对历史、社会学和心理学的"非官方的"表达,

记录了无名的可怜人的真实生活,有时候这种真实让人感到难过,但这种记录采用了问心无愧的寓言家的形式,并以乐趣为原则。人们对民间故事进行记录有各种各样的原因,有的是对它们进行研究,有的是为了宣扬其中的意识形态,但她关注的是民族主义对它们的利用。她认为在 19 世纪:"删除性的内容、减少性的场景并拒绝接受所谓'粗俗'的内容……改变了童话的性质,并且事实上改变了它对日常生活的视角。"而卡特对童话的重写,正是通过再现这样色情和粗俗的内容来表达女性的欲望。

1979 年,卡特发表《血屋及其他故事》,这是她对童话进行高度文学化加工的版本,包括 10 个故事,对佩罗和格林兄弟的很多经典童话进行了互文性链接,其中的故事包含了她声称佩罗抑制了的性、困扰和顽固的内容。书中出现了不同时代的事物并置的细节,如电话、摩托车、证券交易所等现代新鲜事物,与陈旧的社会人际关系同时存在,女人仍是交换或买卖的财产。这是为了呼吁人们注意在现代社会,过时的封建关系仍然存在。卡特的故事不仅重新挪用了童话类型,而且创造了复杂的戏仿,即同时弘扬和质疑这种类型。

由于戏仿的目的,她的故事引用了早期的童话(这些童话引用了早期形式中的叙述细节和神秘而野蛮的风格),但它们也从女性主义角度对早期版本进行了批评。例如,《里昂先生的追求》真实地再现了父亲遭遇搁浅的雪景(虽然现在它是一辆摩托车而不是马车)以及有着神秘入口的房屋。而《雪孩子》改写了《白雪公主》,使女性(皇后和女孩)为了吸引国王注意的竞争公开化。而在佩罗的版本中,这种竞争是隐含的。《与狼做伴》以佩罗的《小红斗篷》为蓝本,把原来不及千字的一则童话故事改写成一篇 7000 多字的短篇故事,文体、风格迥异,内容、结尾也大相径庭。

《与狼做伴》中的小姑娘去看外婆,途经一片树林,在林子里碰上的不是一只凶狠的狼,而是一个英俊的青年猎人,即一个化装成猎人的狼人。结尾是开放式的。狼已经吃掉了外婆,小姑娘却安然无恙。既无猎人出来杀掉狼,连小姑娘自备的防身武器(一把刀子)也未被动用。更令人惊讶的是她帮狼人宽衣解带,同狼人一起上了床。

《与狼做伴》中有这样一段描写:

她关上窗,让这不祥的哀歌留在窗外,把头巾推往脑后。脱下红斗篷……她把红斗篷裹成一团,扔进火里,烈火顷刻把它烧成灰烬。接着,她脱下了贴身的衬衫。洁白的乳房照得满室生辉……薄薄的平纹细布衬衣在火里化作一缕青烟,像一只魔鸟飞出烟囱。她脱下了裙子和羊毛长袜,把它们也扔进火里,现在,她全身一丝不挂。她脱掉木底鞋,轻快地跑到那个有一双红眼睛、蓬乱的长发里长着虱子的男人跟前。她踮起脚,解开他的衬衫领口……当他得到她答应他的那一热吻时,窗外那上百只狼齐声高嚎,就像是在唱婚礼祝歌。

而佩罗的《小红斗篷》是这样描写的:

小红斗篷拉开门闩,进了门。

当狼看见她进了门,就藏在被窝里,对她说:

"把饼和黄油放在面包箱里,过来同我躺在一起。"

小红斗篷脱了衣服,上了床。她惊奇地发现姥姥看上去很古怪。她对他说:

"姥姥,您的手臂好大!"

"手臂大,好抱你,亲爱的。"

"姥姥,您的牙好大!"

"牙大好吃你!"

话音刚落,那邪恶的狼扑向小红斗篷,几口就把她吃下肚去。

佩罗在正文后的"教训"中告诫说:"小孩子,尤其是长得漂亮、教养也好的女士,千万别去同陌生人搭讪。"卡特的《与狼做伴》则是站在女性主义者的立场针锋相对地冲击像佩罗这样的男子中心论和传统的道德规范。

因此,在卡特的《与狼做伴》中,占据中心地位的是个少女,一个在性行为上采取主动、进取、挑战姿态的少女。代表男性的狼人失去了他施虐的威力,成了少女手下的性俘虏。她征服了他,而且快乐地活着。

然而,卡特作品中极其色情的描写导致一些女性主义评论家认为它们是迎合男权中心的色情文学,是非女性主义的,而另一些评论家则维护它们,认为它们试图重写女性的性。1997 年,负责出版卡特的论文选集的编辑评论道,卡特的"这些故事从来没有停止与读者的冲突。读者们一直在争论卡特对欧洲传奇的改写,是反对父权制的,还是与之相勾结的"。因此评论家对卡特的争论几乎和女性主义评论家对童话类型本身的争论一样激烈。但很多评论者坚持认为《血屋及其他故事》是使女性摆脱男权中心的价值观下消极附庸的一次尝试。卡持普写道："对规范我们生活的社会小说的研究——布莱克称之为'迷惑思想的镣铐'——是我一直关心的问题。"

卡特重写的童话探索了女性在处理性关系中的能力，而不是再现男权中心的观点，不再把女性作为性行为和性虐交易中的消极受害者。这些故事直接讨论这一问题，并指出如果女性放弃自己对欲望的"迷惑思想的镣铐"的观点，她们就会发生转变。开篇故事《血屋》建立在佩罗的《蓝胡子》的基础上，在里面男性被锁定为暴力者的角色，但最后新娘摆脱了受害者的地位。《爱屋里的女士》(Lady of the House of Love)探索了受害者—暴力者二元对立的关系，这种关系一反常态，因为其中女人是吸血者，英俊、纯洁的男青年是她的猎物。吸血鬼对男青年的爱，以及男青年对吸血鬼表现出的不可思议的接受和怜悯，使故事与传统的文化结构决裂。这可以从故事的主题中看出，对于卡特来说，性行为不是"自然的"，而是由文化决定的。在《狼人爱丽丝》(Wolf-Alice)中，爱丽丝以让人难以理解的怜悯接受了伯爵，把原本在镜子中没有影像的狼人变成了更像人的生物，"好像她柔软、湿润、温柔的舌头把它变成了人，最后，伯罴的脸在镜子中反射了出来"。与开篇故事中丑陋的侯爵不同，在最后一篇故事中，伯爵的丑陋形象最终得以改变。经过 10 个故事后，人物之间的交易规则已经被改变，人物关系的结构呈现出动态的发展。女人需要通过拒绝接受受害者角色这种前提，来促使不平等的交易产生变化。

卡特在《尔王》《里昂先生的求爱》，特别是《血屋》中讨论了这些性吸引方面的问题。《里昂先生的求爱》中的女孩把自己比作"羔羊小组，代表着纯洁、牺牲"。在这个故事中，男性的注视使最初习惯受虐的女孩变成一个客体：

我在光滑的镜子里看见他用估量的眼光注视着我，就像行家在检查马肉……当我看见他的眼里充满欲望，我垂下眼睑，但在我的视线离开他时，我在镜子里看到了自己。突然我看自己就像他看我一样……这是第一次……我感觉到自己堕落的潜力，这让我喘不过气来。

然而，当她对肉体引燃的欲望熄灭之后，她反省着自己反叛的"胆量和愿望"。她意识到她没有选择，在父权制下的交易中，她是一个不平等的客体。

我玩过一个游戏,在那里每一步都被和他一样压迫和强大的命运所控制,因为那个命运就是他;我输了。输在无知的伪装上,输在他邪恶地占有了我。我输了,就像受害人输给了刽子手。

为了获得女性主观欲望的位置,必须拒绝接受受害者地位和囚禁。在《里昂先生的求爱》这篇质朴的童话中,美人最初把自己看作受害者,是为父亲牺牲的羔羊,并被里昂"与自己完全不同"的性格所吸引。虽然她认为自己是无力的,但故事不断地反对这个观点,认为野兽更害怕她,并提出了很有说服力的理由。这个资产阶级处女害怕体验欲望,当他吻她的手时,"她感到手指上他的火热的呼吸,他口部的汗毛僵硬地触着她的皮肤,他粗糙的舌头舔着她的手",她"会紧张地把手从他的触摸中撤出来"。当她返回到垂死的野兽身边,她再也不能继续扮演一个受害者的角色,与此同时,也就承认了他作为施暴者的错误。当她采用他原来对待她的态度来与他平等相待时,他变成了一个男人:"她猛扑向他,铁床架发出声音,她吻着他可怜的爪子。"

对这个故事更具世俗性和物质主义的改写是《老虎的新娘》(The Tiger's Bride),它更符合卡特所认为的民间故事的标准,因为女主角的物质生活状况与醉鬼兼赌徒的父亲息息相关,他仅仅把她当作财产。这个女主角"愤恨那些在暴力面前沉默的愚蠢的女人",她自己受到了很多物质压迫,但却拒绝自怜的殉身。她从农村保姆那里了解到了一种对性关系不同的、粗鄙的看法。她对男人的"兽欲"的真正本质的好奇与他对女性肉体本质的好奇是一样的。当他要求看她的裸体时,她拒绝成为他注视的对象,并且狂笑着回答他的要求:"我会为你把裙子拉到腰部。但……我会把腰部以上全部盖住,而且不许开灯。你可以看我一次,先生,而且是唯一的一次。"

他第二次要求看她的裸体也被拒绝。她还迫使他脱掉了自己的衣服,因为这样她可以平等地做同样的事情。在父权制下她是一个女人的"模糊的影像",因此她决心过一种不同的生活,在交易关系中变成同样有力量的野兽。

比如《老虎的新娘》里所说:"老虎永远不会和羔羊躺在一起;他承认所有的契约都是相互的。羔羊必须学会和老虎一起奔跑。"卡普兰等撰文指出,在男权中心的框架下,没有什么东西是女性欲望的主题。如果一个女人"享受到性的乐趣,它只是建构在她被视为客体的基础上的;这种乐趣绝不是来自对他人的欲望(主观立场)"。她进一步揭示道:"女人已经学会将她们的性与主导的男性凝视联系起来,这是一种在发现她们作为客体具有色情性时包含一定程度受虐倾向的立场。"

　　卡特的观点是物质主义的,而不是神秘主义的。卡特童话中的女人学习拒绝男权中心的地位,她们抛弃了伤痕累累的文明去体验自己体内的野性,并占据了一个新的主体位置,这个位置与父权制分道扬镳。卡特的童话赋予作为欲望主体的女人以力量,而当时的女性主义者正在激烈争论这种可能性是否存在。在 20 世纪 70 年代晚期和 80 年代早期,也就是《血屋》发表的年代,许多女性主义评论者都对女性主义色情文学产生了争论,她们最关心的问题是,女人能否构想并且享受与男人发生关系时的积极乐趣,能否把女人看作是异性恋欲望中得到授权的主动行为者。卡特的这些故事在理论上涉及当代女性主义者的争论主题,并主张女性获取恰当的物质地位。

参考文献

1.D.H.Lawrence.*Sons and Lovers* ，Beijing Foreign Languages Teaching and Research Press,1992.

2.程爱民.美国文学阅读教程.南京：南京师范大学出版社,2005.

3.张冲.新编美国文学史(第一卷).上海：上海外语教育出版社,2000.

4.威廉·冯·洪堡特,姚小平译.论人类语言结构的差异及其对人类精神发展的影响.上海：商务印书馆,1999.

5.韦恩·布斯,华明等译.小说修辞学.北京：北京大学出版社,1987.

6.Geoffrey N.*Leech A linguistic Guide to English Poetry*,New York.Longman,1969.

7.Geoffrey N.*Leech.Principles of Pragmatics*,New York.Longman Inc,1983.

8.J.Verschueren.*Understanding Pragmatics*,London.Aronld,1999.

9.H.P.Grice.*Logic and Conversation*,Cambridge.Cambridge University Press,1975.

10.S.C.Levinson.*Pragmatics* ，*Cambridge*.Cambridge University Press,1983.

11.李燕乔.西方现代文学中的原罪说.外国文学与文化.北京：新华出版社,1989.

12.丹纳.英国文学史.上海：上海译文出版社,1983.

13.梁旭东.艺术家的良知与法国大革命——对双城记人道主义题旨的辨析.宁波大学学报,2004,17(3).52.

14.吴敏.人道主义的"谴责"与"幻想".嘉兴学院学报,2004,16(6).

15.严幸智.狄更斯中产阶级价值观论析.西北民族大学学报,2004,6(2).

16.殷爱平.狄更斯的"仁爱"思想初探.镇江高专学报,2002,15(4).

17.赵炎秋.狄更斯长篇小说研究.北京:社会科学文献出版社,1996.

18.安东尼·伯吉斯,余光照译.海明威.北京:百家出版社,2003.

19.海明威,林疑今译.永别了,武器.上海:上海译文出版社,2000.

20.蒋承勇.外国文学.上海:华东师范大学出版社,2001.

21.金东春.英美文学选读同步训练.北京:学苑出版社,2001.

22.陶洁.美国文学选读.北京:高等教育出版社,2000.

23.吴笛.劳伦斯诗选.桂林:漓江出版社,1998.

24.段吉福.劳伦斯随笔录.成都:四川文艺出版社,1996.

25.姚暨容.安宁的现实——劳伦斯哲理散文选.上海:上海三联书店,1992.

26.雪莱.19世纪英国诗人论诗.北京:人民文学出版社,1984.

27.雪莱.为诗辩护.北京:人民文学出版社,1984.

28.曹道根,马玉君.反讽意义的心理空间表.人文杂志,2008.

29.蒋冰清.言语幽默生成机制的认知研究——概念合成理论和背离与常规理论的互补性研究.西安外国语大学学报,2007.

30.马小朝.黑色幽默文学的艺术世界.外国文学,1998.

31.南文等.第二十二条军规.上海:上海文学出版社,1981.

32.周杰.以乱对乱——黑色幽默小说的美学技巧.辽宁教育学报,1996.

33.胡全生.英美非虚构小说叙述结构研究,复旦大学出版社,2009.

34.雪莱,江枫译.雪莱全集.石家庄:河北教育出版社,2001.

35.查良铮.雪莱抒情诗选.北京:人民文学出版社,1987.

36.张亮.美英非虚构文学产生的历史背景.上海交通大学学报,2009年第11期.

37.何肖朗.论后现代主义影响下美英非虚构文学创造风格的嬗变.武夷学院学报,2010年第2期.